백만 잔의 커피

백만 잔의 커피

정진희 소설집

전출판

꿈이 꿈으로 만나다

　코로나 창궐로 인간관계마저 거리두기를 해야 할 때 나는 책상 앞에 앉았다. 세계적으로 혼미 상태에 빠진 사람들에게 어떤 형태로든 위로를 보태고 싶었다. 기껏해야 할 수 있는 것이라곤 글을 조금 쓴다는 것뿐인데, 고민이 되었다. 그동안 다양한 사람의 심리와 부닥친 내면의 갈등이 만난 글쓰기. 그렇게 난 수필과 소설을 썼다.

　나는 주로 소년원에서 상담해주던 경험에서 창작의 영감을 얻곤 한다. 한국상담학회 전문상담사로서 대략 10년을 넘게 아이들을 만나면서 그들의 연약한 내면의 울림을 간과할 수 없었다. 개개인은 태어난 순간 다양한 환경과 마주하면서 원하든 원치 않든 그 환경에 적응되어 간다. 돌이켜보면 사람은 누구나 사랑받기 위해 태어났을 텐데, 과연 그 사랑이 모두에게 공평한 사랑이었을까. 어쩌면 선택의 여지가 없었기에 나 같은 존재를 받아주는 것만으로도 감사하며 살았어야 했는지도 모른다.

언젠가 한 아이에게 꿈이 뭐냐고 물었다. 아이는 단 일 초의 망설임도 없이 대답했다. "없어요." 꿈을 말한다는 게 사치스럽다고, 더는 꿈 따위를 묻지 말라고 짧게 말하던 그 이면에 보인 간절한 소망을 보았다. 환경에 따라 숨어버린 꿈. 그리고 나. 어느덧 키가 자라듯 부쩍 성숙해진 자신을 발견, 가정과 사회에 소속된 어떤 관계망 안에서 펼쳐진 이율배반적인 생각의 팽팽한 기 싸움. 소설 속 9명의 주인공이 직면하는 삶을 집요하게 따라가 본다. 승자와 패자 사이에 공존한 아픔은 누가 책임질 것인가.

나의 첫 소설집 『백만 잔의 커피』는 무엇보다도 제로에서 희망을, 보편적 무의식에서 무한한 가능성을, 확보되지 않은 미래에 대한 잠재적 불안을 해소하기를 바라는 마음에서 썼다. 그뿐만 아니라 미움과 원망의 도가니에서 화끈한 용서를, 아픔과 상처로부터 치유와 회복을 위한 작은 불쏘시개가 된다면 더한 나위 없이 좋겠지만, 재미와 감동으로 잠자는 뇌를 톡톡 깨우길 바라는 마음이 먼저였다. 이 소설집을 펼치고 있는 당신이 더없이 행복하기를.

2023년 2월
정진희

차례

작가의 말 ·· 4

명동희 ·· 11

엄마를 용서해 ·· 35

까만 원피스 ·· 57

백만 잔의 커피 ·· 79

가발 ·· 103

인생은 태클을 걸수록 좋소 ·· 127

그 신비로움 ·· 149

리셋 ·· 171

만추 ·· 193

해설 - 이승하(문학평론가, 중앙대 교수)
    여성이 자신의 정체성을 찾아가는 험난한 과정 ·· 213

명동희

명동희

오늘 같은 날은 다시 오지 않을 것임을 잘 알기에 욕심을 내보기로 했다. 생각해보니 해외여행을 자동으로 졸업한 지 벌써 삼 년째 접어들었다. 반강제적으로 고립된 시간, 자유로움이라 하기엔 약간의 억울함이 깔린 지루한 시간의 연장이었다. 커피 한 잔을 내려 마신 후 집을 나섰다. 모든 재산을 털어보고 싶은 욕구가 나를 부추겼기 때문이었다. 언제가 될지는 알 수 없지만, 하고 싶었던 일을 실행에 옮기기 위해 서울에 있는 공인중개사 사무실을 샅샅이 뒤지기로 했다. 종일 헛걸음일지라도 마음에 든 좋은 땅을 기어이 찾고 싶다는 의지를 보였다. 며칠 뒤 마침내 한 통의 전화를 받았다.

저기 명동희 씨 맞죠? 지난번에 부탁하신 조건에 맞는 땅이 나와서 연락드립니다.

아, 그렇군요. 거기가 어디죠?

내방역이랑 가까운 곳입니다.

네 바로 갈게요.

사장님과 통화가 끝난 후 차를 몰고 공인중개사 사무실로 갔다. 대지 위치가 맘에 들어 망설이지 않고 계약했다. 얼마 후 토지매매 잔금을 치르던 날, 문을 열고 나오는데 함박눈이 쏟아졌다. 순식간에 하얀 길이 되어버린 큰길을 따라 주변의 풍광을 바라보며 걸었다. 머리에 쌓인 하얀 눈이 어느새 할머니를 만들어 버린다. 씁쓸하고 풋풋한 그 느낌을 즐긴다. 나의 나머지 인생의 절정은 바로 지금이다. 당당하게 소리치며 뛰는 거다.

갖고 있던 주식과 비트코인을 모두 팔았다. 자식 같은 돈이라 해도 과언이 아닐 텐데, 무엇을 위하여 누구를 위하여 아낌없이 투자하겠다는 건가. 비트코인 출시 후 과감하게 투자하여 모은 부의 축적을 보란 듯이 과시라도 할 작정인가. 어쨌거나 가지고 있던 돈을 다 털어야 할 판이었다. 가이드란 직업이 좋아 결혼은 포기한 거나 다름없었다. 솔직히 말하자면 한때 좋아하던 남자한테 차인 꼴이었다. 직업상 집을 많이 비울 수 있다는 게 마음에 들지 않다며, 시댁이 될 뻔한 집에서 강하게 반대했다. 나는 미련 없이 돌아서 나왔다. 그 후 결혼 따윈 두 번 다시 내 입 밖으로 꺼내지 않으리라 다짐했다. 덕분에 하고 싶은 것들, 맘껏 누리며 살았다. 해외 어딜 가도 4개 국어를 능수능란하게 구사했으니 세계가 손안에 있는 듯했다. 나의 체격은 여리여리했지만 두려울 게 없었다. 카랑카랑한 목소리는 어떤 상황에서도 나를 지켜준 자신감이었다. 무너질 뻔한 외로움이 흐느적거릴 틈도 주지 않았다. 늘 어깨선 아래서 찰랑거린 머리 기장을 짧게 자르던 날엔 뭔가 새로운 일을 시작할 때였다. 더 늙기 전에 마음에 품고 있던 마지막 숙제 같은 것을 해결하고 싶었다.

입춘이 막 지났는데도 여전히 추웠다. 땅도 아직 추운 모양이었다. 겨울의 끝자락과 단단하게 묶여 있어 삽이 들어갈 틈이 없는 것 같았다. 그렇더라도 더는 기다릴 수 없었다. 나는 대지면적 백 평 정도인 내 땅에 다세대주택을 건축하기 위한 정보를 알고 싶어 강남역 근처에 있는 건축설계사무소를 찾아갔다. 지인한테 소개받은 건축설계사무소와 몇 군데를 더 꼼꼼하게 살핀 후 내 의견을 좀 더 적극적으로 반영해 주겠다는 건축설계사무소에 맡기기로 했다. 얼마 후 해당 구청으로부터 건축 허가통지서를 받았다는 연락이 왔다. 마음이 놓였다.

예정대로 공사가 마무리될 무렵, 건물 이름을 제이제이로 하기로 했다. 그러곤 본격적으로 내가 원하는 입주자를 찾기 위해 전국적으로 모집 공고를 냈다. 입주할 수 있는 방은 모두 일곱 개였다.

〈제이제이 다세대주택 입주자 모집 공고〉

전 세대 보증금 천만 원에 월세 오십만 원(평생 월세 인상 없음)

자가주택 소유할 때까지 맘대로 이사할 수 없음(평생 살아도 됨)

자기소개서, 재직증명서 필수(성실성 확인용)

세입자 중 건물 관리인 뽑을 예정(추후 건물 소유자가 될 수 있음)

건물주가 직접 면접 봄(봉사 경력자 유리함)

모집 기간은 공고일로부터 한 달

공고를 내자마자 사방에서 연락이 왔다. 핸드폰이 마비될 정도였다. 조건이 까다로워 공실이 생기지 않겠냐는 염려는 하지 않아도 될 거 같았다. 나는 의외의 결과가 믿기지 않았다. 접수된 사람들은 면접 날짜를 잡아 통보했다.

첫 번째 면접자는 올해 스물아홉 된 여자였다. 부산에서 잘 다니고 있던 회사에 사표를 내고 서울로 상경하겠다고 했다. 이유를 묻자, 운이 따라 준다면 너무나 쉽게 건물주가 될 수도 있다는 기회를 놓치고 싶지 않다는 거였다. 세 번째 면접자는 마흔을 넘긴 독신 남자였다. 여수에서 작은 횟집 주방장으로 십 년 정도 일했는데 큰물에서 놀겠다며 상경 이유를 말했다. 횟집 사장이 조만간 가게를 물려주겠다는 설득도 뿌리치고 더 큰 거를 바라는 욕심이 과했던 독신 남자는 아쉽지만 계약할 수 없었다. 서울에선 상담사 그리고 방과후 학교 강사가 찾아와 입주할 기회를 달라고 했다.

어느덧 마지막 면접자였다. 전주에서 올라온 삼십 대 신혼부부였다. 내가 물었다.

재직증명서가 없는데, 직업이 없나요?

14

저희는 둘 다 전업 작가거든요.

그렇군요. 작가라면 서울보다 전주가 더 낫지 않나요? 굳이 서울로 상경하고 싶은 이유라도 있나요?

평생 월세 인상이 없다는 말에 매혹되어 만사를 제쳐두고 무조건 가자고 했죠. 저희는 수입이 일정하지 않으니까요.

좋아요. 기회를 잡아 봐요. 301호 계약하세요.

감사합니다. 대신 지금 쓰고 있는 소설 대박 나면 언제라도 월세 올려 드릴게요.

그래요. 열심히 쓰세요.

나는 이상하게 젊은 신혼부부에게 정이 갔다. 신혼 때만 누릴 수 있는 것들을, 해보지 못한 아쉬움 때문일까 부러움 때문일까. 무엇이든 도와주고 싶었지만, 결혼을 해본 적이 없어 어떤 방법으로 접근해야 좋을지 몰랐다. 잘못하면 괜한 부담만 안겨줄 거 같고, 서로 불편해질 수 있을 거 같아 앞으로는 관심을 끊기로 했다.

거의 모든 세대가 입주를 마쳤다. 하필이면 신혼부부가 입주하던 날, 비가 왔다. 가을비치고는 강수량이 제법 많았다. 덕분에 공사가 끝난 거리는 깨끗해졌으나 마음은 심란했다. 나는 장대비가 오면 어디론가 가야 했다. 근래에 여행을 가지 못하면서 답답증이 생겼다. 그 까닭에 불쑥불쑥 우울해지는 횟수가 잦았다. 평상시에는 별다른 반응이 없다가도 비가 오는 날이면 유독 심해지는 공허함이 문제였다. 우산을 받쳐도 옷자락이 젖는 게 좋아 걸을 때가 많았다. 우산 위로 두 두둑 떨어진 빗소리를 들으니 장난기가 발동했다. 웅덩이에 고인 물을 툭 건드리고 싶은 충동이 일었다. 주변을 두리번거리다 사람이 지나가지 않을 때 고인 물을 힘차게 밟았다. 사방으로 튀기는 물줄기를 따라 복잡하게 얽힌 감정이 정리되는 듯 통쾌했다.

어느 날 문득 그저 외롭다는 이유로 언제까지 시간만 축낼 순 없다는 판단이 섰다. 그때 다세대주택을 지어 그들과 같이 살면 어떨까 싶었다. 그렇게 꿈일 것만 같은 막연한 계획이 어느새 현실이 되어 세상 한복판에 우뚝 섰다. 자그마한 정원이 있는 옥상은 입주민들과 소통할 수 있는 공간으로 꾸몄다. 나는 오 층에 살림을 들였다. 내가 직장 생활하는 동안 거의 절반을 해외에서 보냈기 때문인지 살림이 별로 없었다. 자동으로 미니멀 라이프 삶을 실천하는 셈이었다. 그동안 사람 냄새가 그리웠다. 사람 소리도 그리웠다. 마침내 건물에서 사람 냄새가 났다. 덤으로 가족이 생긴 거나 다름없었다. 더불어 산다는 게 바로 이런 게 아닐까 생각되었다. 비가 그치자 거짓말처럼 요동치던 내 마음이 평온해졌다.

오랜만에 골프 동반자들을 집으로 초대했다. 이왕이면 출장 요리사를 불러서 좀 근사한 저녁을 먹고 싶었다. 새집으로 이사하면서 다른 건 몰라도 식탁만큼은 크고 좋은 거로 샀다. 손님들이 오래 앉아 있어도 불편하지 않은 여유로움을 제공하고 싶었다. 편안하게 식사하면서 와인도 한 잔 마실 수 있도록 특별히 신경을 썼다. 북유럽풍의 식탁 위에 즉석에서 만들어진 요리가 하나둘 채워졌다. 손님들은 요리가 올라올 때마다 이구동성으로 말했다.

와, 제대로 대접받는 기분이 드네요.

스테이크를 입 안에 넣자마자 씹기도 전에 사르르 녹는 거 같아요.

맞아요, 고소한 소고기의 풍미가 기분까지도 고급스럽게 만든 느낌이랄까.

리코타치즈와 잘 어울리는 아보카도와 샐러드는 또 어떻고요.

나는 손님들이 행복해한 태도를 보며 덩달아 업그레이드되었다. 식사가 끝날 즈음에 조만간 라운드 한 번 가자고 했더니, 모두 흔쾌히 승낙했다. 몇 년 전까지만 해도 골프를 즐기는 삶은 빼놓을 수 없던 일상이었다. 결혼하지 않은 거에 대한 자유를 맘껏 누리는 차원에서, 필요에 따라서는 그렇게라도 합리화해야 편하기도 했다. 육십 대 중반에 이르도록 아직 미혼이라는 거, 단 한 번도 후회해 본 적은 없다. 어차피 인간은 홀로 고독한 존재가 아니던가. 사람 대부분이 어떤 소속이라는 울타리 안에서도 외롭지 않은 척, 괜찮은 척, 행복한 척하는 가면을 쓴 채 살고 있진 않을까, 그 또한 모를 일이었다. 설령 꼭 어떤 혈연관계가 아닐지라도 나에게 가족 같은 공동체가 생겼다는 건 엄청난 사건이었다.

동반자들은 한동안 라운드에 나가지 못해 감이 떨어졌다며 걱정했다. 하기야 한창 잘 나갈 때는 싱글 타수를 찍은 적도 있었으니, 잘 치고 싶은 마음이 오죽할까. 나는 늘 두 타 부족으로 싱글 타수에 번번이 실패했다. 그 또한 나의 실력이라고 최대한 빨리 인정하는 게 편했다. 맘에 든 동반자들과 라운드하는 것만으로도, 삶의 질이 윤택해지는 거 같았다. 상기된 목소리로 내가 말했다.

이번 라운드에 필요한 모든 경비는 전적으로 내가 부담할 테니, 잘 치려는 욕심은 집에 두고 편안한 마음으로 와요.

좋습니다, 근데 명동희 씨의 나눔의 끝은 어디일까요.

쑥스러우니까 자꾸 그러지 마요.

계산하지 않고 마음이 가는 대로 실천하는 게 부러워서 하는 소립니다.

에고, 그런 말 듣자고 하는 게 아닌데.

나는 좀 민망했다.

이번엔 특별히 내가 좋아하는 오크밸리CC에 예약했다. 로비에서 만난 동반자들은 겉으론 태연한 척했지만, 필드에 들어서자 눈동자가 시뻘겋게 변했다. 이글거린 눈동자엔 반드시 이글을 하겠다는 욕망이 가득했다. 어쩌면 나의 속마음도 그랬는지 몰랐다. 무사히 전반 9홀을 마쳤다. 썩 만족스럽지 않은 결과였다. 후반 첫 홀에서부터 만회하고 싶은 욕심이 과했던지, 허리가 삐끗하고 말았다. 동반자들이 걱정하며 다가왔다. 나는 괜찮을 거라는 바람이 무색할 정도로 그대로 주저앉고 말았다. 구급차를 불러 곧바로 병원으로 갔다. 상태가 생각보다 심각했다.

몇 년 전에 수술했던 디스크가 탈이 난 모양이었다. 설상가상으로 목 디스크까지 말썽이었다. 꼼짝없이 더는 골프를 치지 못할 거 같은 불길한 예감이 들었다. 그나마 골프를 즐기는 삶이 유일한 낙이었는데 그마저도 못하게 된다면 내 인생이 더없이 황량할 거 같았다. 어쨌거나 지금은 최선을 다해 치료에 집중하기로 했다.

　건물 관리는 문제없이 잘 되고 있었다. 뭔가 살아 움직인 듯한 생동감이 있는 건물을 보니 안주하고 싶단 생각이 들었다. 두 마음이 교차했다. 처음 마음먹었던 결심이 흔들리기 전에 빨리 공지해야 하지 싶었다. 내친김에 동네 문구점에서 주홍 색지와 검정 네임펜을 사 왔다. 거실에 앉아서 '입주자 공지 사항'만 수없이 썼다, 지우기를 반복했다. 공지가 붙여지는 순간 내게서 분리될 것들이 스쳐 갔다. 그냥 포기할까? 어차피 아무도 모르잖아. 누구나 한 번쯤은 세상이 기억할 만한 멋진 일을 하고 싶단 꿈일 수도 있는데, 유독 유난을 떨 필요가 있을까. 별의별 생각들이 손목을 잡고 있으니 떨릴 수밖에 없었다. 비록 작은 건물일지라도 혈혈단신으로 평생 모은 재산이고 나의 전부였다. 언젠가 내가 죽고 난 후 세상에 환원될 바엔 살아생전에 내 식대로 나누고 싶었다. 다시 마음을 가다듬고 펜을 잡았다. 주홍 색지 위에 마음이 말한 그대로 썼다.

〈입주자 공지 사항〉

발표 주제 : 내가 만약 건물주라면(현재 거주 중인 입주자만
     가능)
관심 있는 입주자들은 발표 자료를 준비하여 내일 저녁 8시,
옥상 테라스에 모여주세요.
저녁 식사 제공합니다.

                                    건물주인 명동의 백

  햇살이 들락거린 거실에 앉아 느긋하게 블랙커피 한 잔 마신
후, 출입문 왼쪽 입구에 있는 승강기 벽에 공지글을 붙였다. 입
주자들이 먹을 먹거리를 고민하던 중 지난번에 이용하였던 출
장요리사에게 물었더니 승낙해 주었다. 주메뉴는 한우 스테이
크였다. 간단한 샐러드와 평소에 아껴두었던 와인도 아낌없이
꺼내왔다. 식사 준비가 완성되어갈 즈음이었다. 옥상 테라스에
서 고기 굽는 냄새가 하늘을 향해 그리고 입주자들을 향해 마음
껏 날갯짓해댔다. 테라스 군데군데 켜져 있던 주홍 불빛은 누군
가의 입술에서 터져 나오는 감탄사를 은근히 기다리는 듯해 보
였다. 분위기로 봐서는 입주자들의 모나지 않은 성품과 야외 테
라스의 완벽한 조합 같았다. 하지만 나의 머리 한편에선 괜한
일을 벌이는 게 아니냐는 생각을 떨쳐내지 못했다. 바쁜 세상에
관심이 없어 아무도 참석하지 않는다면, 저 많은 스테이크를 어
떻게 처리해야 할지 막막했다. 다행히 한 명 두 명 모여들었다.
의외의 결과였다. 전 세대가 다 모인 화기애애한 분위기는 계속

되었다. 한 건물에 살면서 자주 만나지 못한 사람도 더러 있었다. 아마도 입주자들끼리 서로 배려하는 차원에서 이웃 간에 피해를 준 적도 피해를 본 적도 없었기 때문이 아닐까 싶었다. 테이블에 차려진 식사가 끝나갈 무렵 내가 말을 꺼냈다.

식사는 맛있게 하셨나요?

네. 생각지 못한 황홀한 음식 대접을 받은 기분입니다.

맞아요, 저도요.

저희도요.

입주자들이 모두 한 마디씩 감사 인사를 했다. 나는 더 뜸 들이지 않고 본론으로 들어갔다.

자 그럼 내가 만약 건물주라면, 어떻게 운영하고 싶은지 자유롭게 발표하도록 할게요.

안녕하세요, 저는 201호 사는 스물두 살 금천기입니다. 저는 낮엔 세차장에서 일하고, 저녁엔 치킨집에서 아르바이트합니다. 빨리 돈을 벌어 치킨집을 차리는 게 꿈이었는데, 내가 만약 건물주가 된다면 한창 배고픈 소년원 아이들에게 한 달에 두 번 정도 치킨을 나누고 싶습니다. 돌이켜보면 저를 포함한 소년원 아이들이 정상적인 가정에서 인정받고 살았다면 어쩌면 거기에 있지 않을 수도 있겠다는 생각을 해봤어요. 물론 다 그렇지는 않지만 관심받고 싶은 욕구는 누구나 같을 거라는 거죠. 도움을 받은 만큼 더 많이 나눠야 한다고 생각합니다. 저에게 기회가 주어진다면, 집이 없어 차라리 소년원으로 다시 들어가는 게 더 나을 거 같다는 아이에게 방 한 칸의 희망을 주고 싶습니다. 감사합니다.

짝짝짝, 모두 힘찬 응원의 박수를 보냈다.

다음은 누가 발표할래요?

네. 저는 402호 강서후입니다. 건물주가 될 수도 있다는 꿈을 이루기 위해 부산에서 상경했습니다. 내가 만약 건물주가 된다면 세입자들의 형편을 최대한 고려하여 운영을 좀 더 탄력적으로 할 수 있다고 생각합니다. 개인의 욕심을 앞세우지 않고 더불어 잘 사는 관계 유지를 위해 노력할 것입니다. 스물아홉 살 경영학 전공인 저에게 맡겨주십시오.

잘 들었습니다. 다음은 누가 할까요?

301호 종로희입니다. 저희 부부는 둘 다 삼십 대 후반 동갑내기 전업 작가입니다. 아직은 수입이 일정치 않지만, 만약 건물주가 된다면 하고 싶은 일들이 참 많습니다. 작가들의 쉼터와 작가창작실을 마련하여 돈이 없어도 아무런 조건 없이 글쓰기에만 전념할 수 있도록 할 예정입니다. 말하자면 들쭉날쭉한 수입 때문에 의도치 않게 가난한 작가들에게 오롯이 작품에만 몰입할 수 있는 환경을 만들어 주자는 생각입니다. 등단은 했지만, 아직 무명인 작가들을 위한 공간을 최대한 확보하여 나누고 싶습니다. 어떤 이는 이렇게 말하더군요. 작가는 자고로 힘들게 살아봐야 문학다운 글을 쓸 수 있다고요. 하지만 저는 그렇게 생각하지 않거든요. 물론 다 그렇지는 않겠지만, 삶에 여유가 없다면 내용 자체가 그다지 풍성하지 못하고 왠지 편협한 사고방식을 보이는 거 같더라고요. 다양한 경험과 다양한 감정을 잘 표현할 수 있도록 작가들에게 기회를 주고 싶습니다. 그리고 진짜로 건물주가 된다면 아이를 갖기 위해 밤낮으로 열심히 노력할 것입니다. 감사합니다.

집중하여 듣고 있던 입주자들도 공감한 듯 박수 소리가 컸다.

기대치를 넘어 달아오른 발표 분위기가 식지 않도록 다음 발표자를 찾던 중 101호 입주자와 눈이 마주쳤다.

다들 열심히 준비하셨네요. 저는 결혼 따윈 감히 생각할 수 없는 마흔 살 은평자고요, 몸이 불편한 엄마랑 둘이 살고 있습니다. 원치 않게 가난을 대물림받은 저주 같은 삶을 극복해보려고 노력했으나 늘 제자리에 서 있던 저에게 건물주가 되는 행운이 온다면, 생각만으로도 벅차다. 무엇을 할까, 어떻게 운영할까, 건물주 되는 게 기정사실이라도 되는 양 잠을 잘 수가 없었습니다. 더는 식당에서 설거지를 안 해도 될 거 같은 기대 심리가 우쭐해지더라고요. 지지리도 복이 없다고 자책하던 마음도 쥐도 새도 모르게 자취를 감추고 말았죠. 그 빈자리에 다가올 복으로 채우고 싶단 생각이 간절해진 순간이었죠. 엄마의 불편한 다리도 수술을 할 수 있을 거란 기대가 밤하늘을 향해 쭉쭉 뻗어갔습니다. 다들 눈치를 채셨다시피 저는 몸이 불편한 사람들을 위한 나눔을 실천하고 싶습니다. 가난과 질병의 대물림에서 단 한 명이라도 벗어날 수 있다면 기꺼이 도울 것입니다.

아직 단 한 번도 엄마랑 단둘이 여행을 안 해봤거든요. 마지막으로 기회가 주어진다면 엄마가 더 아프기 전에 더 늙기 전에 같이 여행하고 싶습니다. 죽기 전에 딸과의 여행이 꿈이라던 엄마의 소원이 이루어진다면 더할 나위 없이 좋겠습니다.

힘찬 박수 소리가 끝나고 잠시 쉬는 시간을 가졌다. 입주자들은 테이블에 차와 디저트가 놓여 있다는 것도 잊은 채 집중했다. 예상을 뛰어넘어 모두가 진지하고 열정적이었다. 나는 무척이나 고민되었다. 마음 같아선 모두 다 공동 건물주로 해주고 싶었다. 아무리 생각해도 가장 합리적인 방법이 쉽게 떠오르지 않았다. 나는 화장실을 다녀와서 어떻게든 마무리를 지을 생각이었다.

그런데 제기랄, 화장실에서 볼일을 보고 나오다가 그만 꽈당 미끄러지고 말았다. 누굴 부를 정신이 없었다. 아예 목소리가 나오지 않았다. 그 자리에 꼬꾸라진 채로 옴짝달싹할 수가 없었다. 아무래도 꼬리뼈를 다친 듯했다. 대략 십오 분쯤 지났을까, 그제야 누군가 인기척이 들렸다. 강서후였다.

어머 사장님, 괜찮으세요? 저흴 부르지, 그랬어요?

강서후가 다급한 목소리로 말했다.

저기, 나 지금 움직일 수가 없어요. 병원, 아니 119 좀…….

나는 더듬더듬 간신히 119를 요청했다.

네 사장님, 바로 구급차 부를게요. 조금만 참아요.

강서후 씨, 오늘 일정 마무리 부탁해요.

네 사장님, 걱정하지 마시고 몸 잘 챙기세요.

나는 구급 대원들이 들고 온 환자용 들것에 누워 병원으로 실려 갔다. 기가 막힐 노릇이었다.

병원에 도착하자마자 엑스레이 사진을 찍었다. 의사 선생님은 상태가 매우 심각하다면서 다음날 MRI를 찍자고 했다. 꼬리뼈 골절이었다. 허리 디스크도 다 회복되지 않아 어차피 움직이기 불편했는데, 이참에 치료받으면서 휴식을 취하는 게 나을 성싶었다. 입원 중이던 병원에 입주자들의 발걸음이 끊이질 않았다. 혈혈단신이 무색할 정도였다. 건물주가 되고 싶은 마음들이 줄줄이 줄을 서는 듯했다. 나는 조금씩 나아지는 기미가 보이자 틈틈이 입주자들의 됨됨이와 성품을 챙겨 두었다.

퇴원하는 날 아침이었다. 창가에 서서 병원 창밖을 멍하니 바라보았다. 어디선가 들릴 듯 말 듯 작은 목소리였지만 가까이 다가올수록 또렷하게 들렸다. '명동희, 너 어쩌자고 그렇게 쉽게 건물 소유권을 넘기려고 하는 거니? 너도 힘들게 어렵게 살았잖아. 돈이 있어야 사람답게 산다며? 아니 돈이 있어야 혼자라 무시당하지 않을 거라면서 억척스럽게 모았잖아. 한때 결혼할 뻔한 사람도 결국, 돈을 벌기 위해 선택한 가이드라는 직업이 마음에 안 든다며 헤어지는 아픔까지 겪었잖아. 남은 삶, 좀 더 편안하게 조금 더 누려도 될 법한데 뭐가 그리도 급한 거니. 어디 먼 여행길이라도 급하게 떠날 사람처럼 말이야.' '알겠어, 그럼 다 취소할까.' 나는 환청처럼 들리는 소리가 매우 혼란스러웠다. 하마터면 바닥으로 주저앉을 뻔했다.

　다시 북적거리는 삶의 현장으로 돌아왔다. 내 소유의 건물 층마다 웃음소리가 마중하듯 반겼다. 집으로 돌아온 며칠 후 입주자들이 테라스에 다시 모였다. 이번엔 내가 발표를 할 차례였다. 굳이 말하자면 발표라기보다 새로운 건물주에게 부탁하는 내용이 될 거 같았다. 어쩌면 건물주로서 마지막 발언이 될지도 모르기 때문에 힘주어 말했다.

　여기 모인 여러분 중에 누군가 이 건물의 건물주가 될 것입니다. 소유권을 넘겨받을 건물주에게 다음 두 가지 약속을 부탁합니다. 첫째, 현재 거주 중인 입주자들이 자가를 소유할 때까지 금액 변동 없이 살 수 있게 한다. 둘째, 건물주인인 나 명동희는 삶이 마감되는 날까지 조건 없이 그대로 거주한다. 자 그럼 모두 발표했던 대로 간절한 바람이 이루어지길 기원합니다. 누가 뭐래도 가장 공평한 방법은 제비뽑기인 것 같습니다.

　나는 미리 준비해 둔 바구니를 가져왔다. 입주자들의 손이 부들부들 떨려 보였다. 행운을 빌자, 나의 심장도 떨렸다. 입주자들이 바구니 안에 잘 접어진 종이쪽지를 뽑으려는데 느닷없이 밤바람이 세차게 불었다. 예상치 못한 바람은 순식간에 바구니를 확 엎어버렸다. 흩어진 종이쪽지 한 장을 찾지 못하여 결국 다음으로 미뤄졌다. 입주자들은 아쉬움을 감추지 못한 채 집으로 돌아갔다.

　다음 날은 병원 예약이 되어 있는 날이었다. 지난번 퇴원하기 전에 검사했던 종합건강검진 결과도 확인하고 치료도 받을 참이었다. 1층에 도착한 승강기의 문이 열리자 마치 영화에서 봤던 것처럼, 입주자들이 양쪽으로 나란히 서 있었다. 좀 당황스러웠다. 서로 동행하겠다고 나섰다. 나는 한사코 괜찮다는 손사래를 쳤다. 막무가내로 다가온 입주자들의 친절이 낯설었지만, 받아들였다. 입주자들은 내가 넘어지지 않도록 병원 입구에서부터 진료실 앞까지 침착하게 이동해주었다. 부축이 과하지 않아 의문의 꼬리는 남기지 않았다. 누가 봐도 전혀 의심할 여지 없이 야단법석을 피한 편안한 동행이었다. 병원에서도 관계 따윈 묻지 않았으니 눈치껏 침묵으로 일관했다. 결과를 듣고 진료실 문을 열고 나오는데 담당 간호사가 밖에 있던 보호자를 불렀다. 대기하고 있던 입주자들은 동시에 일어났다. 서로 먼저 들어가려는 눈치였다. 간호사가 다시 말했다.

보호자는 한 명만 들어갈 수 있습니다.

네. 그럼 제가….

결국 진료실과 가까운 쪽에 앉았던 종로희 씨가 들어갔다. 나는 진료실을 나왔는데 보호자를 따로 불렀다는 이유로 마음이 좀 불편했다. 생각지도 못했던 입주자들의 배려와 관심을 방관할 수 없었다. 병원에서 나오는 길에 내가 물었다.

다들 돼지갈비 먹고 갈래요?

좋아요, 좋고말고요.

내가 살게요. 차 돌려요.

네 사장님.

저 앞 사거리에서 좌회전하면 마포갈비 식당이 있어요. 거기로 가요.

나는 몹시 배가 고팠다. 노릇하게 구워진 도톰한 돼지갈비 한 점을 명이나물 장아찌에 싸서 입에 넣고 씹어 먹을 상상하는데, 느닷없이 쿵 하는 소리에 홀리고 말았다. 접촉 사고였다. 안전띠를 맸는데도 머리가 출렁이며 허리에 무리가 갈 정도였다. 가해자는 좌회전 신호 대기 중인 차가 있는데도 신호가 끊기기 전에 무의식적으로 좌회전하려고 했던 거 같았다. 나는 사고 뒤처리를 미루고 식당으로 들어가고 싶은 마음이 목구멍까지 차올랐다. 다행히 사고 가해자가 잘못을 인정하여 명함을 주고받으며 일단락됐다. 차에서 내렸는데 다리가 후들거렸다. 허리에 통증이 가해졌지만, 기어이 돼지갈비를 먹겠다는 의지는 변함이 없었다. 돼지갈비는 입주자들의 배가 부를 때까지 숯불에서 노릇하게 구워졌다. 덩달아 맛있게 먹고 있는데 입주자 한 명이 내게 물었다.

사장님, 제비뽑기 언제 할 겁니까?

곧 해야죠. 혹시 좋은 꿈이라도 꿨나요?

아뇨. 그냥 궁금해서요.

근데 사장님은 건물 소유권을 그렇게 넘기면 아깝지 않으세요? 저 같으면 절대 못할 것 같거든요. 결혼도 하지 않은 채 평생 모은 전 재산이잖아요.

왜 아깝지 않겠어요. 아시다시피 저는 혈혈단신인데, 어차피 내가 죽으면 어떻게 될지 아무도 모르잖아요. 그래서 이왕이면 내가 살았을 때 재산을 나누고 싶었거든요. 요즘 집값이 너무 올라 돈 없는 서민은 평생 월세나 전세로 살 수밖에 없을 거 같 더라고요. 그래서 우리 건물에 사는 사람들한테 우선 기회를 주 자고 마음먹었던 거거든요. 그나저나 마음이 도망가기 전에 빨 리해야겠어요.

사장님 진짜 멋져요. 목소리의 울림에서 정갈한 카리스마가 느껴져요.

그런 말 듣자고 하는 건 아닌데.

세상에 돈 많은 부자들 엄청나게 많지만, 그들은 더 가지려 고 안달하는 거 같았거든요.

어차피 모든 사람이 같을 순 없으니까요. 본인의 마음이 가 는 대로 움직이는 거로 생각해요.

이왕이면 제가 뽑혔으면 좋겠어요. 사장님께서 원하는 대로 잘 운영할 수 있을 거 같거든요. 저에게 좋은 기운을 넣어주세 요. 저희는 결혼하면서 아기는 갖지 않기로 약속했어요. 왜냐면 둘이 살기도 빠듯한 월급으로 세 명은 도저히 살 수 없을 거라 판단했기 때문이었죠. 그런데 자꾸 운빨이 제게로 오는 거 같아 요.

그러게, 말입니다. 요즘 너나 할 것 없이 사는 게 힘들다 보니 세상 사는 재미가 없는 거 같더라고요.

맞아요.

그럼, 말 나온 김에 오늘 밤에 바로 하는 게 좋겠어요. 며칠 전에 종이쪽지 카드는 만들어 놨거든요. 다들 괜찮죠?

네네.

입주자들은 합창이라도 하듯이 한목소리로 대답했다.

저녁을 먹은 후 입주자들은 곧바로 옥상 테라스로 올라갔다. 테라스에 모여 차 마시는 시간을 가졌다. 나는 준비된 제비뽑기 바구니를 들고 테라스로 나갔다. 사회를 보듯 말을 이었다. 입주자들의 반짝거린 눈빛을 보았다. 마음 같아선 모두에게 선택권을 주고 싶었다.

자 그럼 시작합니다. 여기 바구니엔 입주자들의 숫자만큼 종이쪽지 카드가 있습니다. 다 나와서 한 사람이 한 장씩 뽑으면 됩니다. 확인은 다 같이 동시에 하겠습니다. 자 뽑으세요.

와, 뽑았다.

저도요.

너무 떨려서 심장이 멎을 거 같아요.

빨리 보고 싶어요.

그래도 조금만 기다려요. 다 뽑았나요?

네네.

자 그럼 모두 본인이 뽑은 카드를 펼쳐봐요.

<축하합니다, 소유권은 현재 거주 중인 입주자 전원 공동명의로 함>

와, 저 당첨인 거 맞죠?

저도 맞죠?

네 맞습니다. 입주자 여러분의 공동명의로 소유권을 넘길 예정입니다. 혹여 마음이 내키지 않으면 소유권 이전 안 해도 무방합니다. 강요도 아니고 강제는 더더욱 아니니 자유롭게 판단하면 됩니다.

사장님 감사합니다. 평생 이 은혜 잊지 않을게요. 저도 나누며 살아야겠다는 확신이 생겼어요.

조만간 필요한 서류 준비해주면 이른 시일 내에 이전할 겁니다. 그리고 저는 죽을 때까지 이 집에서 살 겁니다. 모두 평안하게 잘 살기를.

사장님 걱정하지 마세요. 저희가 잘 모실게요. 같이 오래오래 살아요.

나는 아직 얼떨떨하지만, 한편으론 홀가분했다. 잠시 내게와 머물던 건물 소유권을 이전하고 나면 난 다시 무주택 서민이 된다. 그래도 좋다. 평생 이사하지 않아도 될 집이 있다는 것만으로도.

어느새 봄볕이 거실 깊숙이 들어와 따뜻했다. 나른하기도 하여 낮잠이라도 자려고 막 누우려는데 초인종이 울렸다.

누구세요?

301호 종로힙니다. 봄 미나리무침을 좀 가져왔어요.

나는 현관문을 열며 환한 미소를 지었다.

잠시 들어와요.

네. 요즘 봄 미나리가 제철이래요. 환절기에 건강 잘 챙기시라고요.

고마워요. 글만 쓰는 작가인 줄 알았는데 기특하네.

별말씀을요. 잠깐만요, 화장실 좀…우웩.

종로희 씨, 혹시 입덧인가?

네? 설마요. 아까는 속이 괜찮았거든요.

종로희 씨는 겹경사네. 좋다 좋아.

다 사장님 덕분입니다.

내가 바라는 대로 이루어진다면 지금 죽어도 억울하지 않을 거 같아 안심되었다. 입주자들이 지금보다 더 나아진 환경 속에서 더불어 잘 사는 것, 그것으로 충분했다.

엄마를 용서해

엄마를 용서해

토요일 오후, 혜화역 계단을 올라오는데 멘델스존의 결혼행진곡이 울렸다. 나의 심장이 쿵쿵했다. 음악에 기대어 하마터면 공연 시간을 지나칠 뻔했다. 나는 줄곧 작은 결혼식을 하겠노라고 마음먹었다. 가족과 가까운 지인을 초청하여 여유롭게 식사하며 증인들 앞에서 평생을 약속하고 싶었다. 하지만 대표님은 달랐다. 그동안 뿌려 놓았던 축의금을 회수해야 한다며 일반적인 결혼식을 원했다. 의견 충돌은 쉽게 해소되지 않았다. 나는 극장 입구 지하로 내려가는 계단에서 세 번의 심호흡을 했다. 깜깜한 극장 구석에 놓인 하얀 건반이 인기척을 한다.

분양받은 임대아파트 입주를 앞두고 아빠가 사고로 죽었다. 아빠는 사고가 나기 직전까지 힘든 막노동으로 생애 첫 내 집 마련의 꿈을 이뤘다는 자부심이 굉장했다. 아빠가 죽고 난 후 중3 여름 방학이었다. 우연히 엄마가 어느 회장님으로부터 스폰서를 받고 있다는 사실을 알게 되었다. 아무리 생활이 힘들더라도 그건 아니라는 생각이 들었다. 나는 쓰레기 같은 집구석과 엄마가 미치도록 싫어 가출하고 말았다. 다시는 엄마를 보지 않겠어. 지금부터 나는 고아나 마찬가지야. 나도 내 맘대로 살겠어. 집을 나온 첫날 밤이었다. 나는 집 근처에 있는 공원을 어슬렁거리며 배회했다. 막상 집을 도망 나와 보니 갈 만한 곳이 없었다. 어둠이 깊어질수록 무서움과 불안에 사로잡혔다. 그렇다고 그냥 집으로 돌아가려니 괜한 자존심이 비아냥거렸다. 결국 친구한테 하룻밤 신세를 부탁했다.

친구와 밤새 이어지는 비밀 이야기에 내 귀는 팔랑 귀가 됐다. 어차피 집에 들어갈 수가 없으니 앞으로 끼니를 때우는 게 문제였다. 친구와 난 간단하게 편의점에서 해결하기로 했다. 그런데 둘 다 돈이 없었다. 친구가 말했다.

"배는 고프고 돈이 없으니 빵을 훔쳐서 먹자."

"뭐? 빵을 훔치자고?"

"응."

"아, 그래도 난 못하겠는데."

"그럼 굶을 거야? 아까 배고프다며."

"어떡하지?"

나는 아무리 배가 고파도 빵을 훔칠 용기가 나지 않았다. 내가 머뭇거리자 친구는 손님이 많은 편의점으로 가자고 했다. 그런데도 자신이 없었다. 그만 포기하자고 했다. 하지만 친구는 집요했다. 별문제 없이 평범하게 사는 거 같은데도 의외였다. 결국, 편의점 주인한테 들키고 말았다. 경찰이 출동했다. 경찰은 왜 그랬냐고 친구한테 먼저 물었다.

"죄송해요. 저는 뭔가를 몰래 훔쳤을 때 쾌감을 느껴보고 싶었거든요. 유독 생리하는 기간에 그런 유혹을 느끼는 편이에요. 그런데 혼자는 무서워서 못 하니까 친구랑 같이하면 괜찮을 거 같아서요."

"그래도 그렇지. 아주 작은 것이라도 절도는 절대 안 됩니다. 이건 범죄예요."

"네. 잘못했습니다."

친구는 엄마가 와서 해결했으나, 나는 끝까지 고아라고 버텼다.

뭐든 처음은 힘들지만 두 번째는 좀 더 쉬워 보였다. 절도죄로 두 번째 입소하는 날이었다. 나는 밤마다 거리를 헤매느니 차라리 소년원이 나을 성싶었다. 숙식이 해결된 것만으로도, 다행이라 생각했다. 이참에 대입 검정고시와 미용 자격증을 반드시 따리라 마음먹었다.

친척 언니가 면회를 왔다. 출소하게 되면 미용실에서 같이 일하자고 했다. 나는 미용 기술을 성실하게 배우고 익혔다. 다행히 한 번에 자격증을 취득하게 되었다. 대입 검정고시는 두 번 만에 합격했으나 대학은 일단 보류하기로 했다. 공부보다 돈을 벌어야 했다. 출소 후 친척 언니네 미용실에서 미용 보조원으로 일을 시작했다. 언니는 미용실 한쪽에 조그만 방이 있으니 사용해도 좋다고 했다. 숙식이 제공된 어엿한 직장에 취직된 기분이었다. 매일 아침 언니가 출근하기 전 미용실 청소를 말끔하게 해놓았다. 이어 마음이 편안해지는 음악을 틀고 미용기구들은 깨끗하게 닦은 후 제자리에 놓았다. 나의 손은 종일 바빴다. 어쩌다 손님이 없는 날엔 책을 읽었다. 소년원에 있던 소설책을 거의 다 읽을 정도로 좋아했다. 마음에 든 장면이 나오면 큰 소리로 또박또박 읽고 또 읽었다. 마치 내가 주인공이라도 되는 양 몰입하여 읽다 보면 뭔지 모를 카타르시스가 느껴졌다. 간접 경험으로 체득한 특별한 느낌이랄까. 나는 가끔 그 느낌을 기억하고 싶었다. 주변에 피해를 주지 않는 공간이라면 습관처럼 소리를 내 책을 읽었다. 그날도 그랬다. 한 손에 책을 들고 식어버린 블랙커피를 마시려는데 입구에서 손님이 기다리고 있었다. 나는 읽고 있던 책을 덮으며 손님을 안내했다.

"미안해요. 손님이 오는 줄도 모르고."

"괜찮습니다, 근데 책 읽기를 좋아하나 봐요."

"네. 저만의 발음과 발성 연습이랄까 뭐 그런 거죠."

"네? 발음과 발성 연습이라뇨?"

"저는 원래 꿈이 연극배우였거든요."

"아, 그러시구나."

"근데 저는 수업 같은 거 배울 형편이 안 되어서 이렇게라도 연습하는 거예요."

"혹시 연극 무대에 서 본 적 있나요?"

"학교에 다닐 때 몇 번 정도요."

"그럼 무대에 설 때 어떤 느낌이었는지 기억나나요?"

"기억나요. 저는 대사를 외우다 보면 저절로 애드리브도 생각이 막 났어요. 그리고 전혀 무대가 떨리거나 두렵지 않았거든요. 그냥 편하게 노는 나만의 무대 같았어요."

"음, 그렇다면 배우의 끼가 다분한 거 같아요. 저보다도 많이."

"네? 정말요?"

"손님은 어떤 일을 하시는데요?"

"저는 극단에서 일해요."

"어머, 그럼 연극배우요?"

"쑥스럽지만, 저는 바로 옆 건물 지하에서 극단을 운영하는 대표 장충단이라고 해요."

"어머나, 배우도 아니고 대표님이셨구나."

"그렇긴 합니다만, 작은 극단이라."

"와, 진짜 멋지고 부럽네요. 저는 서연주인데요, 그냥 연주라고 불러도 괜찮아요."

"네. 연주 씨는 성격이 밝고 긍정 에너지가 많아 보여요."

"그렇게 봐주셨다니 감사해요."

나는 손님과 대화하면서 한없이 작아지는 거 같았다. 배운 것도 없고 학벌도 없으니 꿈이 이루어질 가능성은 더욱 희박해 보였다. 그래도 난 포기하지 않았다. 지금처럼 책을 읽고 읽다 보면 언젠가는 기회가 오지 않을까 싶었다. 그야말로 희망 사항

이었다.

　나는 가끔 엄마를 원망했다. 그럴 때마다 내가 왜 이렇게 힘들게 살아야 하는지 묻고 싶고 따지고 싶었다. 엄마는 지긋지긋한 가난이 싫다고 했다. 아무리 그렇더라도 더는 식당에서 일하지 않아도 될 정도의 생활비를 주겠다는, 어느 회장님의 꼬임에 넘어가 스폰서가 되었다는 게 도저히 이해할 수 없었다. 그런 엄마가 내 엄마라는 게 창피하고 부끄러웠다. 나는 어릴 때부터 엄마를 닮아 예쁘다는 소릴 많이 들었다. 엄마의 외모는 지나가던 사람이 뒤를 돌아볼 정도였다. 나도 인정할 만했다. 성격도 외향적이라 처음 만난 사람들과도 금방 친해졌다. 그래서인지 엄마 주변에 남녀를 막론하고 사람들이 많이 꼬였다. 그것도 썩 내키지 않았다. 엄마는 하나뿐인 딸보다도 지인들과 어울리는 걸 더 즐겼다. 그런데도 나는 돈을 벌면 엄마를 위해 하얀 드레스 입은 결혼사진을 찍어주려고 했다. 엄마는 결혼행진곡만 들어도 금세 눈물을 흘렸다. 어쩌다 지인들의 결혼식에 다녀온 날엔 밤새 술을 마셨다. 그러곤 죽기 전까지 하얀 드레스를 입을 수 있을까, 신세타령하며 목놓아 울었다. 형편이 나아지면 결혼식을 올리겠노라 다짐했던 주인공이 사고로 죽어버렸으니 영영 기회가 없을지도 몰랐다. 나는 엉망이 되어 버린 가정에 더는 발을 디디고 싶지 않았다. 엄마는 나를 버렸다. 나도 엄마를 버렸다. 모르겠다. 쓸쓸한 밤에 찾아온 엄마 생각은 잠시 내게 머물다 지나갈 것이었다.

휴일이라 모처럼 늦잠을 잤다. 느지막이 일어나 머리를 다듬고 미용실 밖으로 막 나가려는데 장 대표님이 급하게 올라왔다. 내가 먼저 인사를 했다.

"안녕하세요, 장 대표님. 오늘은 휴일인데요."

"아 오늘은 미용이 아니고 연주 씨한테 부탁을 좀 하려고요."

"저한테요? 어떤 부탁일까요?"

"실은 첫 공연을 준비하고 있는데요 갑자기 펑크 난 배역이 있어서 혹시 가능할까 해서요."

"네? 그걸 제가 어떻게 해요. 전 아무것도 할 줄 모르는데요."

"아직 날짜가 좀 남았으니까 제가 개인지도 해드릴게요."

"그래도 그렇지. 전 못하겠어요. 사실 저는요…… 아니 그냥 죄송해요, 대표님."

"그렇게 단번에 거절하지 말고요, 오늘 밤 자정까지 충분히 생각해본 후 결정하는 걸로 해요."

"음, 그렇다면 알겠어요."

나는 뭐가 뭔지 얼떨떨하여 뜨뜻미지근한 목소리로 대답했나. 그러곤 시내 가는 버스를 탔다. 맨 뒤 자리에 앉아 눈을 감고 생각했다. 배우가 될 기회가 왔으니 해볼까 하다가도 내 형편에 무슨, 여기까지 생각이 치밀어 오르자 자동으로 눈이 확 떠졌다. 몇 번을 생각해봐도 냉혹한 현실을 극복한다는 게 호락호락하지 않을 것 같아 접기로 했다. 공교롭게도 나의 시선은 창밖으로 보인 빼곡한 간판들 속을 파헤쳐댔다. 어렴풋이 찾아낸 공연 연습장이 보였으나 버스는 무심하게 지나가 버렸다. 나는 다음 정거장에서 내렸다. 뒤를 돌아서 걸었다. 가던 길에 배가 고파 맥도날드로 들어갔다. 키오스크에서 주문하고 자리를 잡고 앉았다. 그런데 맞은편에 언뜻 보아도 내가 아는 친구가 맞는 거 같아 물어보기로 했다.

"저기 혹시 김화수 아닌가요?"

"어머 이게 누구야? 연주, 서연주 맞지?"

화수가 나를 보며 큰 소리로 얘기하는 바람에 주변에 민폐가 될 뻔했다. 보아하니 화수도 혼자 온 듯했다. 내가 제안했다.

"화수야, 우리 합석할래?"

"그래 글자. 근데 그동안 어떻게 지냈니? 엄마와는 화해했니? 미용한다는 얘기는 들었거든."

"에고, 하나씩 천천히 얘기해. 난 그럭저럭 잘하고 있지. 넌 대학 가고 싶다고 했잖아. 갔니?"

"응. 난 전문대 식품영양학과에 들어갔어."

"어머, 잘됐다. 대박 축하해."

나는 우연히 친구를 만나 햄버거를 먹으며 평범한 청년들의 일상 같은 대화를 한다는 게 믿기지 않았다. 화수는 소년원에 있을 때 같은 호실 옆자리에서 잤던 동갑내기 친구였다. 우린 마음이 잘 통했다. 각자의 꿈을 이루고 난 뒤 정상에서 멋지게 만나자는 약속도 했다. 대화 중에 간간이 창밖으로 나간 멍한 시선이 돌아오지 않자 화수가 나에게 물었다.

"연주야, 무슨 고민이라도 있는 거니?"

"왜?"

"표정은 반가워서 웃고 있으나 웃음 뒤에 살짝 보인 너의 불안정한 눈빛을 보았어."

"보았구나. 실은 의논하고 싶은 게 하나 있거든."

"뭔데?"

"그게 말이야, 내 꿈이 연극배우가 되는 거라고 했잖아."

"맞아. 그랬지."

"근데 연극 배울 기회가 코앞에 와 있는데 뭔가 두려워."

"뭐가 두려운데?"

"나에게 기회를 준 극단 대표님은 내가 소년원 출신이란 걸 모르니까 펑크 난 배역이라도 해보자는 거였거든."

"그게 뭐 어때서."

"그래도 알면 실망할 거 아냐."

"그럼 너의 마음은 어떻게 하고 싶은데?"

"솔직히 난 하고 싶지. 해보고 싶어. 왠지 잘 할 수 있을 거 같아."

"그럼 무조건 한다고 해."

"그럴까?"

"그럼 그럼. 조만간 나에게도 배우 친구가 생기겠는걸."

"화수야, 고마워."

나는 화수와 헤어지고 난 뒤 고민이 해결된 거 같아 발걸음이 가벼웠다.

좀 늦게 미용실로 돌아왔다. 긴장된 마음을 차분하게 가라앉힌 후, 옆 건물 지하 계단을 하나씩 하나씩 내려갔다. 극단 간판이 눈앞에 보였다. 애써 가라앉힌 심장이 자꾸만 콩닥거렸다. 나는 심호흡을 크게 세 번 하고 노크했다.

"똑똑."

"누구세요?"

대표님의 목소리가 들렸다.

"안녕하세요, 서연주입니다."

"어서 와요. 기다리고 있었어요. 생각은 충분히 했나요?"

"대표님이 잘 가르쳐 주신다면 해보겠습니다."

"그건 걱정하지 말아요."

"대표님, 부족한 저에게 기회를 주셔서 감사합니다."

"아직 인사를 받기는 이른 거 같고요. 아무튼 승낙했으니 내일부터 집중적으로 연습합시다."

"네네 알겠습니다. 근데 연습은 어디서 하나요?"

"여기서 합니다. 저기 문 옆에 극단 연습장이 있거든요."

"네 알겠습니다."

"참, 여기 대본 줄 테니 가져가서 많이 읽어 오세요."

"오늘 밤새 읽어야겠어요."

나는 연극 대본을 받았는데도 긴가민가했다. 나 같은 사람한테도 이런 황홀한 기회가 주어지다니, 꿈을 꾸는 것 같았다. 연극 대본을 품에 안았는데 잠을 잘 수가 없었다. 첫 장을 넘기기가 무척 설렜다.

다음 날이었다. 대본을 가지고 첫 리딩 연습하는 날인데 하필이면 미용실에 예약 손님이 많았다. 쉴 틈이 없다 보니 짜증이 났다. 마음이 자꾸만 툴툴거렸다. 원장님의 예리한 촉이 나의 뒤통수를 때렸다.

"연주야, 너 오늘 왜 이렇게 신경질적이니?"

"아니에요."

"뭐든 불편하면 말해."

"죄송해요, 잘할게요."

외향적인 나의 행동에서 안절부절못하던 티가 났던 모양이었다. 솔직히 말하자면 시간 안에 극단 연습장에 가야 하는데 행여 늦을까 싶어 조바심이 났다. 미용실 마무리 청소는 내일 아침에 해야겠다고 마음먹었다. 나는 마지막 손님이 나가자마자 대본을 들고 뛰었다.

'엄마를 용서해'

단체 여행을 긴 모녀 사이는 시간이 흐를수록 친밀해지기는커녕 악마로 변해간다.

엄마: 다른 사람이 다 먹기 전에 너도 먹어 봐. (음식을 딸 앞으로 가져간다)

딸: 아니야. 다른 사람도 같이 먹어야지. 돈은 똑같이 냈잖아. 엄마 좀 그러지 마. 내 것은 내가 알아서 먹을 테니 신경 쓰

지 말고 드세요. (짜증을 내며 젓가락을 내려놓는다)

　엄마: 제 아비 닮아서 성질하고는.

　딸: 나 먼저 숙소로 들어갈게.

　엄마가 숙소로 들어오자마자 딸은 화가 풀릴 때까지 퍼붓는다.

　딸: 다시는 엄마랑 여행 같이 안 갈 거야. (짐을 싸는 척한다)

　엄마: 나도 그럴 생각이야. (한숨을 쉬며 창가로 간다)

　딸: 엄마랑 같이 다니면 창피해서 못 살겠어.

　엄마: 뭐라고? 너 말 다 했니? (딸을 곁눈질로 째려본다)

　딸: 응. 촌스럽고 무식한 엄마보다 세련되고 교양있는 엄마가 더 좋다고요.

　엄마: 나도 배울 만큼 배운 여자야. 어디다 대고 무식하다는 거야. (손이 부들부들 떨린다)

　딸: 엄마가 그 모양이라, 그 엄마에 그 딸이란 소리 듣고 싶지 않으니까 그만 해요. (엄마와 눈을 마주치지 않는다)

　엄마: 저게 그냥. (베개를 확 집어 던지는 척한다)

　딸: 헐, 이제 딸까지 때리시려고. (두 눈을 부릅뜨고 엄마한테 대드는 흉내를 낸다)

　엄마: 계집애야, 너는 엄마가 그렇게 만만해 보이냐. (엄마의 눈가가 촉촉해진다)

　딸: 참 나. 이러다간 계속 싸울 거 같으니까 내가 나가서 잘

게. (딸은 가방을 들고 나가버린다)

엄마: 지금 이 밤에 나가서 잔다고? 그럼 난 어쩌라고. 그럴
바엔 아예 들어오지 마라. 딸 없는 셈 치고 혼자 살면 되지. 그
래. 인생은 결국 혼자야. (닫힌 문을 향해 서럽게 울부짖는다)

나는 목이 좀 아팠다. 그래서 대표님한테 말했다.

"대표님, 우리 좀 쉬었다 해요."

"그래요. 십 분만 쉬어요."

따뜻한 커피 한 잔을 들고 밖으로 나왔다. 갈등을 마주한 부
분에서 나의 내면의 분리가 필요한 듯했다. 나는 커피를 다 마
신 빈 잔에 바람을 담아 한 잔 더 마셨다. 머리가 개운해졌다.
엄마를 용서할 수 있을까.

대표님이 말했다. 처음 미용실에서 나를 봤을 때 무언가에
집중하던 모습이 너무나 매력적이어서 첫눈에 반했다고. 그 후
론 무조건 이 여자와 결혼해야겠다는 생각이 집요했다는 말과
함께. 나는 청혼을 받았다. 하마터면 흔쾌히 허락할 뻔했다. 곰
곰이 생각해보니 자존감은 시시때때로 무너지지만, 자존심은
강했다. 아무리 첫눈에 반했더라도 나의 모든 상황을 알게 된다
면 대표님도 마음이 흔들릴 것 같았다. 왠지 결혼과 동시에 파
출부로 전락할 거 같아 거절했다. 이참에 거절할 수밖에 없는
이유를 솔직하게 털어놓았다. 대표님은 나의 모든 이야기를 듣
고 난 후 허허 웃었다. 나를 비웃기라도 하는 거 같아 기분이 언

짧았다. 나도 모르게 얼굴이 빨갛게 달아올랐다. 마치 죄를 지은 것처럼.

  며칠 후 대표님은 막무가내로 부모님께 인사를 드리자고 했다. 절대 안 간다고 했더니 그럼 편안하게 저녁이나 먹자는 거였다. 편할 리 없다는 거, 알면서도 모른 척 따라갔다. 나는 좀 불편한 자리에 갈 때는 여름에도 일부러 긴소매 옷을 입었다. 시간이 꽤 흘렀는데도 문신했다는 것을 당당하게 보일 자신이 없었다. 더군다나 오늘의 만남은 어쩌면 살면서 가장 어려운 자리가 아니던가. 더는 모르겠다. 나는 모든 걸 내려놓기로 했다. 대표님과 나란히 집 안으로 들어갔다. 부모님과 눈을 마주치지도 못한 채 배꼽 인사를 했다.

  "처음 뵙겠습니다, 서연주입니다."

  "어서 와요, 만나서 반가워요."

  "네. 여기 꽃 좀 사 왔는데 맘에 드실지 모르겠네요."

  "어머나, 내가 꽃 좋아하는 거 어떻게 알고. 고마워요."

  "아닙니다. 받아주셔서 감사합니다."

  나는 가족이 앉아 있는 식탁으로 갔다. 조심스럽게 밥을 먹었다. 집 안에 에어컨이 돌아가는데도 혼자만 더웠다. 이마에 땀이 났다. 그러다 몸까지 축축해졌다. 긴장된 마음이 조금씩 풀어지자 나도 모르게 팔을 걷어 올렸다. 순간 어머니의 싸늘한 눈빛이 내 팔에 고정돼 있다는 것을 감지했다. 나는 모른 척 걷어 올린 옷을 슬그머니 내렸다. 계절이 건너뛰어 내 자리에만 겨울이 온 듯 싸늘했다. 나는 얼음이 되었고, 부모님은 동시에 일어나 방으로 들어가 버렸다. 그러곤 대표님을 불렀다. 적막한 공기가 한없이 무겁게 느껴졌다. 고요한 침묵은 겨울바람처럼 매섭고 날카로웠다. 잠시 후 어머니가 나오면서 나에게 말했다.

"연주 양, 얼음 땡."

"네?"

뭐지, 나는 좀 당황스러웠다. 이어서 방으로 들어간 가족들이 꽃목걸이를 만들어 나에게 걸어주었다. 아버님이 묵직한 목소리로 말했다.

"연주 양, 우리 가족의 구성원이 되어주게나."

"네? 감사합니다만, 저는 참으로 보잘것없는 사람이라서요."

"세상에 보잘것없는 사람은 단 한 명도 없다네. 모두 누군가에겐 소중한 사람이지."

"아, 네."

"그렇지만 저는요, 실은 소……."

"알고 있어요. 소년원 출신이라는 거."

나는 쥐구멍에라도 들어가고 싶었다. 그런데 어머니가 편안하게 다가와 낮은 목소리로 말했다.

"연주 양, 나도 소년원 출신이야."

"네? 설마요."

나는 말을 잇지 못했다. 잘못 들은 건 아닌지, 쉽게 믿을 수가 없었다. 아니 믿기지 않았다. 어머니가 이어서 물었다.

"연주는 왜 들어갔니? 난 절도죄로 들어갔거든."

"저도 배가 고파 편의점에서 빵 훔치다 걸렸어요."

"그랬구나."

나는 평범하지 못한 엄마가 싫어 거리를 방황하다 소년원에
들어가게 되었고, 어머니는 비록 소년원 출신이었지만 남부럽
지 않은 평범한 가정을 만들었다는 게 놀라웠다. 묻지 않았는데
도 어머니는 계속해서 차분하게 말을 이었다.

"나는 선택의 여지가 없는 독신주의자였어. 내가 소년원 출
신이었다는 것을 밝히면 누구도 가까이 다가오지 않더라고. 그
때부터 결혼을 포기하고 혼자 살기로 한 거지. 근데 이 사람이
끈질기게 구애를 하는 바람에 넘어가고 말았어. 당시 9급 공무
원이 뭐가 아쉬워서 나 같은 여자한테 청혼을 하나 싶었지. 그
땐 놀리는 줄 알고 자존심도 무척 상했더랬어. 사람의 인연은
따로 있었던 거 같아. 덕분에 이렇게 준수한 아들을 낳았으니
지금은 더없이 행복한 삶을 살고 있다고 당당하게 말할 수 있을
것 같아."

"아버님이 정말 멋지세요."

"좀 그렇긴 하지. 근데 어쩜 이렇게 똑 닮았는지 모르겠네.
여자를 보는 눈이 부전자전."

"그러게요."

나는 웃음을 참아야 할지 맞장구를 쳐야 할지 난감했다.

"아무튼 난 이 결혼 반대하진 않겠네. 둘이 잘 살아. 우리보
다 더 행복하게."

"감사합니다, 친절한 배려 잊지 않겠습니다."

나는 시간이 지날수록 마음이 놓였다.

결국 엄마의 역할이 미치는 영향은 극과 극이다. 여행이 끝나고 출근하는 아침 식탁은 늘 분주하고 시끄럽다.

엄마: 연주야, 아침 먹자. (연주의 방문을 향해 큰 소리로 부른다)

딸: 밥 먹을 시간 없어. 주려면 좀 빨리 챙겨주든가 해야 먹지. 엄마는 꼭 나가기 직전에 말하더라. 먹으라는 건지, 말라는 건지. (약간 비아냥거리며 말한다)

엄마: 먹기 싫으면 그만이지. 왜 그렇게 투덜거리는 거야.

딸: 아휴 짜증 나.

엄마: 나도 짜증 나거든. 출근한 게 뭐 그리 대단한 일이라고 그렇게 유별을 떠는지 원.

딸: 됐으니까 그만해. 엄마가 보기엔 유별나 보여도 그래도 난, 엄마를 위해 이번 달 월급 타면 하얀 드레스 입혀 줄까 했는데 취소해야겠어.

엄마: 뭐라고? 웬 드레스? 그게 무슨 말이야.

딸: 몰라도 돼. (눈물을 닦은 후) 하얀 드레스 입어보는 게 엄마의 소원이라길래 더 늙기 전에 드레스 대여해서 사진이라도 찍어주려고 했단 말이야. (침착하려 해도 눈물이 흐른다)

엄마: 그런 깊은 생각이 있는 줄 몰랐어. 아까 짜증 낸 것 미안해. (안절부절못하고 손가락 깍지를 낀다)

딸: 몰라. 아무래도 오늘 지각할 것 같아. (현관문을 열고 급

하게 백을 들고 나간다)

드디어 무대에 마지막 조명이 켜진다. 모녀는 거실에 큰 창
문을 열고 밖을 보며 나란히 앉는다.

딸: 엄만 지금 행복해?

엄마: 조금. 넌 어때?

딸: 소년원에 있을 땐 춥고 외로웠어. 하지만 지금은 아니야.
날 새로운 가족 구성원으로 받아 줄 가족이 생겼거든. 그래서
든든해.

엄마: 결혼할 사람이라면 나에게 소개할 생각이 있는 거니?

딸: 글쎄. 꼭 해야 하나? 어차피 엄마는 죽었다고 했거든.

엄마: 무슨 말을 그렇게 싹수없게 하니.

딸: 엄마가 날 버리고 갈 때부터 고아였거든. 엄마가 침대에
서 편하게 잘 때, 난 미용실 허름한 곳에서 웅크리고 쪽잠을 잤
다는 거 알긴 해? 바퀴벌레가 얼굴 위로 올라와 잠이 깬 적도 많
았고.

엄마: 쯧쯧 그랬구나. 실은 엄마도 그 남자한테 속았어. 회장
님은커녕 어느 조직의 두목이었더라고. 얼마나 치밀한지 빠져
나올 구멍을 찾지 못했어. 핸드폰을 빼앗겼으니 연락할 엄두는
아예 못 냈던 거고.

딸: 지금 와서 그런 말 듣자는 거 아닌데.

엄마: 어쨌든 미안해. 널 끝까지 돌봐주지 못해서. 엄말 원망

해도 괜찮아. 너의 마음이 평안해질 때까지 미워하고 미워해.

　딸: 뭐야. 삶이 왜 이래.

　엄마: 너에게 짐이 되진 않을게. 잘 살아.

　연극이 끝나고 대표님은 객석에 있는 엄마를 무대로 불렀다. 나는 엄마를 끌어안았다. 하얀 드레스를 입은 엄마의 몸이 많이 야위어서 좀 놀랐다. 나는 울먹인 목소리로 천천히 말을 이었다.

　"그동안 엄마를 미워해서 미안해. 미워하는 내내 너무 아팠어. 나 인제 그만 아플레. 엄마 사랑해 그리고 엄마를 용서해."

　"엄말 용서해 줘서 고맙다. 연주야, 사랑한다."

　관객들의 박수 소리가 어느 때보다도 컸다.

까만 원피스

까만 원피스

하우스 지붕 위에서 까만 원피스가 나풀거렸다. 마을 사람이 집으로 들어와 구석구석을 살폈다. 그러곤 엄마의 안부를 물었다. 엄마는 명상 중이었다.

"연희야, 집안에 별일 없지?"

"네. 그런데 무슨 일 있나요?"

"아니다, 혹시 까만 옷을 입은 심부름꾼이 왔나 해서 들러본 거야. 그럼 누굴 잡으러 간 거지?"

"네? 그게 무슨 말이세요?"

"아, 아니다. 밤마다 엄마 잘 살펴드려라."

"네. 조심히 가세요."

나는 마을 사람과의 대화가 은근히 신경 쓰였다. 엄마는 매주 금요일이면 단발머리에 까만 원피스를 입고 명상했다. 그런 날은 어떤 누구와도 만나지 않으며 하나뿐인 딸과도 말을 섞지 않았다. 나는 엄마의 명상이 끝날 때까지 말을 걸지 않고 기다리는 게 익숙했다. 급한 일이 생겨도 중간에 노크조차도 할 수 없었다. 늘 그렇듯 엄만 명상이 끝나는 대로 조용히 아침 밥상을 차려와 늦잠을 자고 싶은 나를 깨워 얼굴을 보며 밥을 먹자고 했다. 그런데 오늘, 평상시와 다를 바 없는 아침이 시작되었는데도 엄마의 인기척이 없었다. 불현듯 불길한 예감이 스쳤다. 내가 먼저 방문을 여는 날엔 종일 공부만 해야 했다. 그게 싫어 절대 방문을 열지 않았다. 단 한 번도 먼저 방문을 열지 않았던 나는, 종일 공부를 해야만 하더라도 용기를 내 문 앞으로 다가갔다. 손잡이를 잡고 문을 열기 전 조심스럽게 엄마를 불렀다.

"엄마, 아직 명상 중인가요?"

"……"

"엄마? 엄마?"

나는 고요한 적막을 깨부수며 방문을 힘껏 열어젖혔다. 맙소사! 엄마가 쓰러졌다. 엄마가 엎드린 채 잠이 든 줄 알고 흔들어 깨웠다. 순간 돌덩이처럼 굳어진 엄마의 팔이 바닥으로 툭 떨어지자 비명을 지르고 말았다. 엄마가 죽었다.

엄마랑 자주 가던 강에 유골을 뿌리고 올라오던 날, 하늘은 금세 소낙비라도 내릴 것처럼 우중충했다. 습한 장마가 지나간 듯하더니 하우스 사이로 이글거린 땡볕이 수시로 들락거렸다. 엄마의 유품을 정리하면서 명상하던 방에 걸려 있던 까만 원피스를 입어보았다. 엄마랑 키가 비슷하여 어색하진 않았다. 치수가 딱 맞았다. 까만 원피스를 입기만 했는데도 어떤 묵직한 영적인 기운이 나온 듯했다. 나는 왠지 스산한 기운에 빨려드는 것 같아 얼른 벗어버렸다. 그러곤 잠시 망설이다가 다시 걸어두었다.

엄마는 명상이 끝난 후 눈을 감고 있으면 아이들의 미래가 훤히 보인다고 했다. 비가 부슬부슬 내리던 어느 날, 마을 취준생들에게 사업 아이템과 적성에 맞는 직업을 안내해 주었다고 했다. 뜻밖에도 그 취준생들의 사업이 잘되면서 입소문이 났다. 엄마는 신도 아니고 더군다나 점쟁이도 아니다. 오로지 직감으로 얘기할 뿐이었다. 엄마는 상담이 끝난 후 그들과 기념사진을 찍어둔 습관이 있었다. 사진을 정리하던 중 어떤 한 청년을 유심히 바라보고 있는데 엄마의 목소리가 들렸다.

"연희야, 사진 속 청년이 곧 올 거야. 집으로 찾아온 손님이니까 놀라지 말고 잘 응대해드려라."

"응. 근데 엄만 어떻게 알았어? 엄마 어디야?"

"……"

엄마의 목소리가 사라지자 마치 약속이나 한 것처럼, 누군가 밖에서 노크했다.

"저기요, 방 여사님 계십니까?"

나는 소름이 끼쳤다. 사진 속 그 청년이었다.

"어떻게 오셨나요?"

"아 네, 방 여사님 뵈러요."

"그렇군요. 일단 들어와 앉으세요."

간단하게 마실 차 한 잔을 내오자 묻지도 않았는데 손님이 먼저 말을 건넸다.

"저는 학창 시절에 공부는 잘하지 못했어도 상상력이 풍부하고 컴퓨터는 곧잘 다뤘거든요. 물론 컴퓨터 앞에 앉아 있던 시간 대부분은 게임을 하긴 했지만요. 부모님은 하나뿐인 아들이 의사가 되길 바랐어요. 하지만 전 공부가 싫었고 게임도구를 판매하는 장사를 하고 싶었거든요."

"그러셨군요. 근데 방 여사님을 만나야 할 어떤 이유라도 있나요?"

"아 그게요, 이를테면 생명의 은인인 셈이죠."

"네? 은인이요?"

"맞아요. 사실 저희 부모님은 학창 시절 내내 저를 지지해주기는커녕 무시한 듯한 권위적인 말투로 사람을 잡았거든요. 그동안 숨이 막힐 지경에도 잘 참았는데 수능이 끝난 후 부모님의 기대치에 어긋나면서 더는 견딜 힘이 없더라고요. 그때부터 차라리 '죽자, 죽어버리면 다 끝나는 건데'라는 생각에 사로잡혀 집 근처 산으로 올라가던 중 뭔가의 끌림에 의해 여기 하우스로 발길을 돌리게 되었지요. 그날 방 여사님을 처음 만났죠."

"아, 그러셨군요."

"그때 방 여사님은 저를 보자마자 꼬락서니가 딱 죽기 일보 직전이고만. 지금 자살하려고 산에 간 거지? 하시더라고요. 쯧쯧, 젊은 놈이 그깟 일로 죽긴 왜 죽어. 죽을 용기를 가지고 코딩을 배우라고 했어요. 지금 나이도 늦지 않았으니, 육신은 죽

었다고 생각하고 정신 바짝 차리고 집중하라고 했지요. 그 후
저는 스타트업 개발자로 성공해서 방 여사님께 감사의 인사를
드리려고 찾아왔어요. 방 여사님은 어디 계시는가요?"

손님은 재차 나의 눈을 응시하며 물었다.

"엄마요?"

나는 목이 잠겨오는 거 같아 고개를 돌렸다. 손님은 엄마가
기쁘게 받아줄 선물을 생각했던지 목소리에 힘이 실렸다

"네. 방 여사님께 드릴 선물도 준비했는데요."

" ......"

조금 긴 침묵이 흘렀다.

시선을 멀리 둔 채 나는 떨린 목소리로 전해주었다.

"방 여사님은 죽었어요."

"뭐라고요? 죽다니요, 왜요?"

"심장마비요."

손님은 방 여사님의 죽음이 믿기지 않을 뿐만 아니라, 뵙지
못한 상실감 때문에 한참 동안 말을 잇지 못했다. 굳어진 표정
위에 무거운 눈을 감고 뭔가 골똘히 생각하더니, 나에게 한 가
지 제안했다.

"연희 씨, 여기서 혼자 사는 게 걱정되니까 서울로 가요. 제가
도와드릴게요."

"마음은 고맙지만, 사양할게요. 여기에 있는 친구들과 같이 졸
업도 해야 하고. 혼자라도 괜찮아요. 가끔 엄마가 도와주거든요."

나는 정중하게 거절했다. 그런데도 손님은 선물로 가져온 자

동차와 키를 놓고 갔다. 나는 절대 받을 수 없다며 손사래를 쳤지만, 막무가내였다. 돌아가는 손님의 그림자에 가을의 쓸쓸함까지 보태졌다. 안타까움의 꼬리는 주차장 어느 한쪽에 놓였다.

항상 시험 기간만 되면 내 주변으로 친구들이 모여들었다. 내가 찍어준 유사한 문제들이 실제로 시험에 많이 나왔기 때문이었다. 이번 시험에도 찍어준 예상 문제가 어김없이 백발백중이어야 할 텐데, 나는 조금 긴장되었다. 나를 돕던 엄마의 기가 스르르 빠져나갈까 봐 전전긍긍했다. 나는 통통하고 아담한 체구에 호피 무늬 안경을 즐겨 착용했다. 친구들이 호피 아주머니라고 놀려도 대수롭지 않게 넘겼다. 수능이 얼마 남지 않았기에 엄마에 대한 그리움을 마냥 끌어안고 있을 순 없지, 싶었다. 엄마의 갑작스러운 죽음을 알 턱이 없는 사람들의 발걸음이 입소문을 타고 계속 이어졌다. 주말이면 작은 동네에 손님들의 차들로 주차할 공간마저 없어지고, 자꾸만 동네가 시끄러워지자 마을 사람들은 나를 쫓아낼 계획을 세웠다. 나는 알면서도 모르는 체했다. 당장 이곳을 떠나면 어디 갈 곳도 마땅히 없었기 때문이었다. 그때 엄마의 따뜻한 목소리가 들려왔다.

"연희야, 어떤 일이 생겨도 딱 2년만 더 살아."

"네, 그럴게요."

나도 모르게 씩씩하게 대답했다. 확실한 내 편인 것 같아 용기가 생겼다. 엄마의 목소리는 묘한 매력이 있었다. 어떤 말로도 누구도 절대 반박할 수 없게끔 분별력이 정확하고 단호한 목소리였다. 엄마를 찾아온 사람들로부터 신뢰를 받을 수밖에 없었다. 나는 오랜만에 다른 주말보다 두 시간 더 늦잠을 잤다. 한참 단잠에 빠졌는데 엄마가 깨웠다.

"연희야, 지금 잠잘 때가 아니야. 빨리 일어나. 건너편 빈 하우스에 불이 났어."

"뭐라고, 우리 집에 불났다고?"

나는 비몽사몽간에 눈을 비비며 하우스 문을 열고 뛰쳐나갔다. 그 사이 소방차가 출동하여 우리 하우스 직전에서 불길이 잡혔다. 조금만 늦었더라도 하우스와 나는 화마에 휩싸인 채 한 줌 재가 될 뻔했다. 휴, 날이 갈수록 일상이 무섭고 두려웠다. 세상에 홀로 남겨졌지만, 결코 혼자가 아니란 걸 알기에 다시 또 힘을 낼 수 있었다.

마침내 수능 날이었다. 나는 별다른 거 없이 집에 있던 반찬으로 간단한 도시락을 챙겨 집을 나섰다. 수능 볼 학교는 집과 가까운 거리에 있어서 대중교통을 이용했다. 전날 언어영역을 살펴본다고 해놓고 깜박 잠이 들었던 시간이 아쉬움으로 다가왔다. 문제지를 받기 전 잠시 눈을 감았다. 내 몸 안에서 엄마의 기운이 감지됐다. 나는 비교적 긴 문장도 긴 지문도 막힘없이 읽었고 답을 적었다. 수능의 모든 영역이 끝나는 종이 울리자, 나를 지켜주던 엄마의 혼이 스르르 빠져나갔다. 나도 힘이 빠졌다.

수능이 끝난 후 손님이 놓고 간 자동차에 먼지가 뿌옇게 쌓인 것을 보았다. 나는 운전면허증을 취득하기로 했다. 가까스로

면허 시험에 통과하여 생애 첫 운전면허증을 발급받았다. 그날 밤, 엄마를 태우고 멋지게 드라이브하는 꿈을 꿨다.

"엄마 타요."

"웬 자동차야? 운전면허증은 있니?"

"당연하죠."

"차가 고급스럽게 생겼네."

"좀 그렇지 나도 인정해."

"근데 차는 어디서 났니?"

"몰라, 선물이래."

"누가 그런 선물을?"

"설명하려면 복잡해. 자동차가 생기면 엄마랑 바닷가에서 일출 보기로 했잖아."

"그랬구나. 난 까맣게 잊어버린 거 같은데."

"엄마 안전띠 잘 맸죠? 자 그럼 출발!"

바깥 날씨가 추웠지만 운전하는 데는 문제가 되지 않았다. 늦은 저녁을 먹고 출발한 탓인지 평일 도로는 한산했다. 초보운전인데 하필이면 야간 운전이라니, 핸들을 꼭 잡은 두 손에 땀이 고였다. 나는 맨 끝 차선을 차지한 후, 한 번도 차선을 변경하지 않았다. 말하자면 쌩쌩 달리는 차들이 무서워서 시도조차도 못 한 꼴이었다. 나의 긴장된 마음을 눈치채지 못한 엄마가 답답한 듯 물었다.

"연희야, 너무 천천히 주행하는 거 아니니?"

"초보운전이라 후들후들하거든요. 무섭긴 한데 더 밟아볼까?"

"그래. 차들도 많지 않은데 이럴 때 속도를 내 봐야지."

"알겠어요, 이제 말 시키지 마요."

나는 조금씩 속도를 높였다. 긴장감도 높아졌다. 터널을 빠져나오자마자 끼익, 커브 길에서 브레이크를 급하게 밟아 차가 휘청거렸다. 어어 하다가 가까스로 속도를 줄였다. 휴, 하마터면 뒤집힐 뻔했다. 다리가 후들거려 차를 세우고 싶은데도 마음대로 멈출 수가 없었다. 휴게소는 아직 멀었고, 갓길 정차는 더더욱 할 수 없으니 답답할 뿐이었다. 놀란 가슴을 최대한 안정시키며 천천히 주행하기로 했다. 마음 놓고 서행하는데 이번엔 트럭이 경적을 울리며 내 차를 앞지르기하다 덮칠 뻔했다. 나는 두 번째 끼익, 하는 소리에 벌떡 일어나 두리번거리며 엄마를 찾았다. 아무래도 이번 주말쯤 차를 몰고 엄마한테 다녀올 성싶었다. 집을 막 나서려는데 편안하고 안정된 엄마의 목소리가 들렸다.

"연희야, 어떤 모녀가 집으로 올 거야."

"네? 그럼 어떻게 하면 되나요?"

"대학 입시를 물을 텐데, 네가 잘 얘기해 주렴."

"제가요? 어떻게요?"

"……"

"엄마? 엄마?"

나는 엄마의 목소리가 들리지 않자 덜컹 겁이 났다. 무슨 말을 어떻게 해야 할지 곰곰이 생각을 해봐도 아무것도 떠오르지

않아 자신이 없었다. 며칠이라도 도망을 가야겠단 생각만 집요
했다. 피할 거라면 지금 당장 도피해야 했다. 주섬주섬 옷을 챙
기는데 엄마의 까만 원피스가 보였다. 문득 다시 입어 보고 싶
었다. 그때의 스산한 기운은 느껴지지 않았다. 오히려 마음이
차분해지고 머리가 맑아졌다. 미래를 예언하는 보이지 않는 어
떤 에너지가 몸 안에 전류처럼 퍼진 듯했다. 나는 조금씩 용기
가 났다. 그 후 까만 원피스를 입고 사람들을 만나면 나도 모르
게 예언하는 말투가 됐다. 거짓말처럼 엄마가 말했던 모녀가 찾
아왔다.

"저기요, 안에 계십니까?"

나는 차분하게 손님을 맞이했다.

"어떻게 오셨나요?"

"방 여사님을 찾아왔는데요."

"일단 들어오세요."

나는 손님이 마실 차를 준비하여 마주 앉았다. 모녀는 서로
눈치를 보는 듯하다가 딸이 먼저 입을 열었다.

"저 이번 수능 점수로 어느 대학 갈 수 있을까요?"

"본인이 가고 싶은 대학과 부모님이 원하는 대학이 같은가
요? 아니면 전혀 다른가요?"

"대학과 전공 분야 모두 달라요."

"그럼 본인이 가고 싶은 대학과 관심 있는 학과를 얘기해주
세요."

"네. 저는 A 대학, 심리학과요."

"아 거긴 정시모집에서 될 거 같아요."

옆에서 듣고 있던 엄마의 표정이 썩 좋지 않았다. 심리학과
에 대한 부정적인 생각이 많은 듯했다. 어머니께 물었다.

"어머니가 원하는 딸의 진로가 따로 있나요?"

"그럼요, 당연히 있지요."

"얘기해줄 수 있나요?"

"실은 외동딸이지만 아빠가 일궈놓은 중견 기업의 사업을 물
려주고 싶었거든요. 그래서 B 대학 경영학과에 다니면서 사업
경영할 수 있게 배우기를 원했던 거예요. 쉬운 길을 놔두고 굳
이 왜 힘들고 어려운 길을 가려는지 이해가 안 돼요."

"그러시군요. 그런데 안타깝게도 따님은 B 대학 경영학과와
는 인연이 없습니다. 따님이 하고 싶은 일을 해야 삶이 행복해
져요."

"따님은 사업에 관심이 없네요. 봉사하는 삶에서 희열을 느
끼는 성향이거든요."

"참 나. 뭐 그따위 성향이 다 있어요."

"요즘 청년들은 남의 시선보다 본인이 좋아하는 일을 통해
카타르시스를 경험하길 원하거든요."

모녀의 표정이 엇갈려 나는 부러 시선을 피하는 척하며 말했
다. 모녀가 돌아간 후 바로 까만 원피스를 벗었다. 홀가분했다.
뭔가 묵직한 부담에서 벗어난 듯 한없이 자유로웠다. 그다지 입
을 만한 옷은 아닌 거 같았다. 하지만 하나밖에 없는 엄마의 유
품이기도 하고, 엄마와 소통하는 길이 끊어질까 봐 쉽게 버리지

도 못했다. 커피 한 잔을 들고 하우스 주변을 산책했다. 노랗게 피어난 수선화가 반겨주었다. 제법 쌀쌀한 날씨가 발걸음을 재촉했다.

입춘이 지난 며칠 후 함박눈이 왔다. 나는 빗자루를 들고 하우스 지붕이 무너지지 않게 쌓인 눈을 쓸어내렸다. 그때 엄마의 목소리가 들렸다.

"연희야, 오늘 긴 생머리에 키가 큰 어떤 탈 가정 청년이 올거야. 외면하지 말고 하룻밤 재워주렴."

"네? 일면식도 없는 전혀 모른 사람을 재우라고요?"

"그래. 그래도 너를 해치진 않을 거야."

"엄마가 그걸 어떻게 알아요? 혹시 엄마 지인이에요?"

"음, 그게 말이다. 설명하기 좀 복잡하긴 한데."

"그래도 얘기해주세요."

"그 청년은 너의 언니란다."

"뭐라고요, 언니라뇨?"

"네가 대학생이 되면 모든 걸 다 얘기하려고 했거든. 더 늦기 전에 이제라도 얘기해줄게. 비록 몸은 떨어져 있어도 다 이해하리라 믿는다."

"잠깐만요, 그냥 하지 마세요. 별로 듣고 싶지 않아요. 전 지금이 딱 좋아요. 혼자라도 외롭지 않거든요."

"그래. 예고 없이 날아온 불청객 같은 소식을 접한 너의 당황스러운 마음 충분히 이해한다. 하지만 난 이 얘기를 해야지만

이승을 떠날 수 있어. 날 도와줄 수 있겠니?"

"……"

나는 말을 계속 잇고 싶지 않아 잠시 침묵했다. 그러다 다시 입을 열었다.

"얘기하세요, 엄마."

"결혼하기 전 데이트할 때부터 조금씩 나타난 아빠의 언어폭력을 견디기 힘들었단다. 몇 번이나 헤어지려고 했는데 그때마다 더 과격해진 언어폭력과 폭행이 무서워 그냥 참았었지. 그때 이미 마음에 병이 들었던 거야. 죽고 싶었고, 죽으려고 했고, 살아야 할 어떤 이유도 찾지 못했어. 살아있다는 자체가 원망스러워도 내 뜻대로 되는 건 하나도 없더라. 그때 속이 메스꺼워 병원에 갔더니 임신이라는 거야. 제기랄, 기쁨보다 청천벽력 같은 소리였지. 어쨌든 아이를 가졌다고 하니 아빠의 폭력도 약해진 듯했어. 어쩌면 아이로 인해 잘 살 수 있지 않을까, 막연한 기대를 하게 되더라. 하지만 폭력은 기대만큼 쉽게 고쳐지지 않았어. 이란성 쌍둥이를 키우다 보니 삶이 더 팍팍해지고 힘들더라. 이대로 살다 간 다 죽을 것 같으니 애들을 위해서라도 헤어지자고 했어. 결국 언니는 아빠가 키우기로 하면서 본가로 들어갔고, 난 너를 데리고 아예 본가에서 뚝 떨어진 동네를 찾다 보니 수도권 어느 산 밑까지 왔던 거야. 비록 허름한 하우스이긴 해도 내겐 천국이나 다름없었지. 거의 세상 사람과 단절하다시피 했어도 연희 네가 있어 더없이 행복한 삶을 살다 온 거 같아."

"그렇게 고생만 했던 불쌍한 엄마를 너무 빨리 데려간 하늘이 원망스러워. 엄마가 삶을 연장해달라고 빌어보지, 그랬어."

"그러게, 말이다. 아무리 미래를 예측하는 감이 뛰어나도 본인의 운명은 알 수 없는 것 같더라."

"맞아요. 그건 그런 거 같아요."

"연희야, 너의 쌍둥이 언니 연수를 부탁해."

"연수 언니라고요? 솔직히 아직 잘 모르겠어요. 뭐가 뭔지."

내가 자신 없는 연약한 목소리로 대답할 때 엄마의 목소리가 바람처럼 사라졌다.

나는 혼란스러운 마음에서 벗어나 하우스 밖으로 뛰쳐나가고 싶었다. 피할 수 있다면 피하고 싶었다. 갈피를 잡지 못한 마음이 서성이는데 누군가 인기척이 들렸다.

"실례합니다, 여기가 연희네 집인가요?"

"네, 맞습니다. 그런데 누구시죠?"

"저는 연수라고 합니다."

"네? 연수요?"

아뿔싸, 올 것이 오고야 말았다. 나는 소름이 돋았다. 엄마가 말해준 그대로였다. 연수 언니는 긴 생머리에 키가 컸다. 나는 키가 별로 크지 않은데 의외였다.

"일단 들어와요."

"네."

"여길 어떻게 오게 되었는지 얘기해 줄 수 있나요?"

"저는 아빠랑 할머니랑 살았거든요. 어렸을 때부터 아빠의 폭력이 심해서 자주 도망가는 꿈을 꿨어요. 스무 살이 되자 지옥 같은 집에서 더는 희생당하기 싫어 무작정 뛰쳐나왔죠. 아빠와 연을 끊고 가족은 아예 무시한 채 혼자 살기로 작정했지요. 그런데 막상 집을 나와 보니 갈 데가 마땅치 않았지만, 아빠의 폭력을 피할 수 있다는 것만으로도 마음이 편했어요. 이젠 성인이 되었으니 어떻게든 살아낼 거 같았거든요. 때론 아르바이트하던 공장 기숙사에서 쪽잠을 자기도 하고, 친구 집에서 하룻밤 신세를 지기도 하면서 지금까지 잘 견뎠죠. 근데 며칠 전 아르바이트하던 사업장으로부터 경영이 어렵다는 이유로 더는 계약할 수 없다는 연락을 받았어요. 무너진 상실감이 커 세상 무엇과도 마주하고 싶지 않아 일찍 잠이 들었어요. 그날 밤, 엄마의 목소리를 처음 들었던 것 같아요."

"그랬군요. 엄마가 뭐라고 하던가요?"

"수도권 어느 산 밑 하우스에 사는 연희를 찾아가라고 하더라고요."

"그랬군요. 제가 연흰데요."

"연희가 제 동생이라고 하던데. 쌍둥이 동생. 하지만 저는 동생이 있다는 게 도저히 믿기지 않아서 확인도 할 겸 찾아온 거예요. 혹시 쌍둥이 언니가 있다는 말 못 들었나요?"

"……"

나는 무어라 답을 할까 고민이었다. 여러 가지로 얽히는 게 싫어 차라리 금시초문이라고 말할까도 싶었다. 하지만 이왕 이렇게 된 것 솔직하게 말하기로 마음먹었다.

"연수 언니라고 했죠? 나 언니 동생 연희 맞아."

"뭐라고? 그럼 꿈에서 말해주던 엄마의 목소리가 거짓이 아니었구나."

"사실은 나도 며칠 전에 엄마가 말해주었거든. 쌍둥이 언니가 찾아올 거라면서."

"어머 그랬구나. 엄마는 지금 어디 계시니? 보고 싶구나. 태어나서 단 한 번도 엄마 얼굴을 보지 못한 거 같아."

"나는 아빠의 얼굴을 몰라. 단 한 번도 본 적이 없었으니까."

"그럴 수 있지. 근데 난 아빠와 연을 끊었으니 더는 내게 묻지 마. 너한테는 미안하지만, 초점 없는 흐릿한 그 눈빛을 다신 기억하고 싶지 않아. 내가 사는 날 동안 아빠란 인간 절대 보지 않을 거야. 어차피 누구의 도움 없이 탈 가정 청년으로 살아갈 결심을 했었으니까 살아보려고 해."

"알겠어."

"근데 엄마는?"

"……"

나는 침묵을 깨고 힘겹게 말했다.

"죽었어."

내 말이 채 끝나기도 전에 연수 언니의 온몸이 파르르 떨렸다. 그대로 바닥에 꼬꾸라지더니 한동안 일어나지도 눈을 뜨지도 못했다. 나는 꺼이꺼이 울며 슬픔에 젖어 있던 연수 언니가 충분히 애도할 수 있도록 기다려주었다.

　며칠 후 연수 언니는 옷가지를 챙겨 하우스로 이사를 했다. 나는 흔쾌히 받아주었다. 쌍둥이 자매들의 새로운 삶이 시작되었다. 나는 언니한테 딱 한 가지만 부탁했다.

　"언니, 다른 거는 다 같이 써도 상관없는데 까만 원피스는 절대 손대지 말고 입어보지도 않았으면 좋겠어."

　"응. 걱정하지 마. 절대 손대지 않을게."

　나는 언니가 너무 쉽게 대답한 것 같아 오히려 불안했다. 오랜만에 하우스에 웃음꽃이 피어나고 활기가 넘쳤다. 언니가 하우스 주변을 둘러본 후 내게 물었다.

　"연희야, 우리 텃밭을 제대로 가꾸어 볼까?"

　"언니가 하고 싶다면 그렇게 하자. 나도 찬성이야."

　"작고 보잘것없는 땅이지만 암흑 같은 흙 속에서 꿈틀거리며 올라 온 생명력을 현장에서 경험하고 싶어. 살아있다는 게 아니 살아난다는 게 얼마나 신비로운 것인지 제대로 느껴보고 싶단 말이지."

　"언니의 바람대로 살기 위해 몸부림치듯 어떤 환경에도 죽지 않은 생명력이, 우리의 삶에도 이어질 수 있다는 걸 기대해도 될 거 같아."

　"그래. 곧 봄이 올 거야."

　나는 연수 언니를 엄마가 보내준 선물이라 생각했다. 언니가 집으로 들어온 후 엄마의 목소리가 뜸했다. 나는 대학을 지원했고 언니는 대학을 지원하지 않았다. 나는 외출할 일이 많았다. 꽃샘추위가 한창 기승을 부릴 때 외출에서 돌아온 어느 날이었다. 언니가 까만 원피스를 입고 있었다. 나는 가방을 바닥에 팽개치고 다짜고짜 언니한테 물었다.

"까만 원피스는 만지지도 입지도 말랬잖아. 빨리 벗어."

"미안해. 너무 궁금해서 살짝 걸쳐본 거야."

언니가 까만 원피스를 벗었는데도 나는 마음이 놓이지 않았다. 엄마의 기운을 언니한테 뺏길까 봐 전전긍긍했다. 차라리 까만 원피스를 입고 외출하는 게 나을 성싶었다. 그날 이후 나는 외출하는 날엔 무조건 까만 원피스를 입었다. 나와 눈이 마주치는 사람들의 미래가 곧잘 예측되었다. 특히 학생들의 진로를 예측한 것은 백발백중이었다. 때때로 나도 소름이 돋았다. 대학가에 소문이 돌았다. 나를 찾는 취준생들이 많아지면서 바빠졌다. 사람을 만나 상담해 준 시간은 모두 무료였다. 취준생들의 적성에 맞는 직업을 얘기할 땐 뭔지 모를 희열이 느껴졌다. 나의 어깨도 덩달아 우쭐했다.

하우스 대각선에서 보인 저녁노을에 매료되어 넋 놓고 있는데 엄마의 목소리가 들렸다.

"연희야, 언니를 받아줘서 고맙다. 그리고 욕심부리지 않고 네가 가진 재능을 아낌없이 나눠주어 더욱 고맙다. 까만 원피스는 세탁하면 절대 안 된다. 자매끼리 싸우지 말고 서로 의지하며 잘 살아. 이제야 편하게 내 길을 갈 수 있겠구나. 참, 내년쯤 거기 하우스는 금싸라기 땅 황금 하우스가 될 거야. 조금만 더 기다려."

"네? 황금 하우스라뇨? 엄마? 엄마?"

나는 다급하게 엄마를 불렀다. 그 후 엄마의 목소리는 들리지 않았다.

까만 원피스를 입은 채 연수 언니랑 저녁 산책을 나섰다. 우산도 없는데 빗방울이 떨어졌다. 부랴부랴 집으로 돌아왔다. 비를 맞은 까만 원피스가 조금씩 흐물거렸다.

백만 잔의 커피

백만 잔의 커피

　남편은 동호회에서 일박 이일 일정으로 바다낚시를 떠나고 없었다. 나는 자주 가던 카페를 찾았다. 바닐라 아포가토를 담은 잔이 바닥이 보이기 시작할 때 바로 옆 테이블에 있던 어떤 자매들의 대화를 우연히 엿듣게 되었다. 대략 오십여 가구가 사는 자그마한 마을이 고급 전원주택단지로 지정되었다는 말에 솔깃했다. 더군다나 빚이 많아 어쩔 수 없이 현재의 주택을 되노록 빨리 매매해야 한다는 얘기까지 들었을 땐 몸의 절반이 이미 그쪽 테이블에 걸쳐 있는 듯했다. 어쩌면 무주택을 벗어날 수 있는 최고의 타이밍일지 몰라. 때마침 잠잠하던 팔랑 귀가 그토록 기다리던 매물이라고 속삭여오자 나도 모르게 심장이 벌렁거렸다. 사람들은 나를 촉 있는 여자라고 했다. 다소 엉뚱한 면이 있긴 해도 듣기에 나쁘지 않았다. 기왕에 복 있는 여자라고 했으면 더 좋았을 법했다. 그렇다면 용기 내어 말을 해볼까. 초면인 사람들인데 실례가 되진 않을까. 나는 생각 끝에 염치를 무릅쓰고 입을 열었다.

"실례합니다, 그 주택 제가 사면 안 될까요?"

나는 자매들이 앉아 있는 테이블 앞으로 다가갔다.

"우리가 했던 얘기 다 들은 거예요?"

나를 쳐다보는 눈빛이 썩 내키지 않은 듯 위아래로 훑어보더니 홍어 삼합을 씹어 삼킨 말투로 말했다.

"불쾌하셨다면 죄송합니다, 의도치 않게 그만. 그래도 그 집을 제가 꼭 사고 싶은데요."

"근데 이 동네 시세는 알아요? 매물이 아예 없다는 것도 알겠네요? 지금 당장 계약금 사천만 원 입금할 수 있나요? 그럼 생각해볼게요."

"네? 사천만 원이나요?"

"없으면 말고요."

"아니요. 일단 알겠습니다."

나는 통장 잔액과 마이너스 통장에서 뺄 수 있는 금액을 확인한 후 구두로 계약하고 말았다. 행여 집주인 마음이 흔들릴까 싶어 남편의 허락도 받지 않은 채 계약금을 송금했다. 결혼 후 처음으로 내 집이 생긴 거나 다름없었다. 비록 허름한 주택이긴 해도 마당이 있는 이층집이 아니던가. 나는 봄이 오면 마당 곳곳에 작은 꽃동산을 만들고, 한여름엔 초록 식물들과 마주하며, 햇살 좋은 어느 가을날엔 수고한 열매를 집안으로 초대해 따뜻한 겨울을 맞이할 집을 마음속에 지었다. 더는 남편과 집 문제로 인한 지긋지긋한 싸움이 없을 거 같았다.

맙소사, 다음날 공인중개사 사무실에서 부동산표준계약서에 도장을 막 찍었는데 주변이 그린벨트 지역이라서 갈 길이 깜깜하다고 했다. 상상 속에 지었던 집이 무너져내린 건 순식간이었다. 남편한테 뭐라고 변명해야 할지 아무것도 생각나지 않았다. 그놈의 팔랑 귀 때문에 사기당한 게 한두 번이 아니었기에 더 혼란스러웠다. 생각을 좀 더 곱씹어도 뾰족한 방법이 떠오르질 않았다. 포기하자니 계약금 사천만 원과 남편의 성난 얼굴이 겹쳐 나타났다. 나는 잔금을 치러야 할 날이 다가올수록 안절부절못하고 불안해했다. 평소에도 굳이 빚을 내어 집을 살 필요가 없다고 말하던 남편은 내가 저질렀으니 알아서 책임을 지라는 듯이 얄밉게 피해 갔다.

가슴이 답답하여 바람이라도 쐴 겸 집을 나섰다. 커다란 돌덩이가 가슴을 누르는 것처럼 숨을 제대로 쉴 수가 없었다. 집 근처에 있는 강변을 따라 걸었다. 막 어둑해질 시간인데 배가 고팠다. 눈앞에 보인 강변 편의점에서 라면을 샀다. 라면에 뜨거운 물을 부어 들고 강과 마주한 테이블에 가서 앉았다. 쫄깃한 면발과 남아 있는 국물까지 다 먹은 후 나는 비장한 각오라도 하듯 힘차게 일어섰다. '아무리 상의 없이 집을 계약했다 하더라도 너무 무관심한 거 아냐. 그러면서 명의는 왜 자기 이름으로 했대. 치사해서 빨리 직장을 구하고 말겠어.' 나는 혼잣말을 중얼거리며 몸 안 구석구석에 남아 있던 서운한 감정이 누그러질 때까지 좀 더 걸었다. 잠깐 벤치에 앉아 쉬면서 지인들에게 일할 수 있는 곳이 있는지 도움을 청했다.

며칠째 깜깜무소식이었다. 마음만 먹으면 금방이라도 직장을 구할 수 있을 거 같아 잔금은 별문제가 되지 않을 거로 생각했던 마음이 급해졌다. 가끔 원고 청탁을 받아 글을 쓰긴 했지만, 전업주부였던 나는 할 줄 아는 게 별로 없었다. 직장을 구한다는 게 생각만큼 쉽지 않았다. 잔금을 치러야 할 날짜가 임박해오자 슬슬 남편의 눈치가 보였다. 꿋꿋하게 서 있던 자존심이 허리를 굽혔다. 결국, 남편의 퇴직금을 털어서 우여곡절 끝에 잔금을 치렀다.

그리고 어느 날 모임에 다녀온 남편이 한 가지 제안했다.

"우리 집 1층 전체를 근린생활시설로 용도 변경해서 세를 놓을까 하는데, 당신 생각은 어때?"

"청계산 자락 허름한 곳에서 사업할 사람이 있을까? 근데 우리한테 수입이 생기는 거라면 그 방법도 괜찮을 거 같긴 해."

"알았어. 이제부터 내가 알아서 할게. 학창 시절 내내 꼴등만 했어도 그래도 난 중견기업 출신이잖아."

추진력이 뛰어난 남편은 비상한 계획이라도 있는 양 의기양양했다. 어쨌거나 당장 고정적인 수입이 없어 힘들었는데 한시름 놓아도 될 거 같았다.

그즈음, 산본에 사는 봉구 씨 부부가 집으로 놀러 왔다. 봉구 씨는 공기업 퇴직 후 브런치 카페를 차리는 게 꿈이라면서 진작에 바리스타 자격증을 따 놓았다고 했다. 봉구 씨 특유의 교과

서적 유머를 듣고 있노라면 밥이 코로 들어가는지 입으로 들어가는지 모르도록 웃다가 끝날 때가 많았다. 평소에 잘 쓰지 않던 근육까지 이완되었으니 오죽할까 싶었다. 봉구 씨 부부도 아이가 없었다. 봉구 씨 부부가 돌아간 후 나는 괜스레 가만히 있는 남편한테 쏘아붙이듯 말했다.

"저기, 일은 잘 진행되고 있는 거야?"

"이제 거의 다 끝나가긴 하는데. 왜?"

"그럼 임대할 사람 있는지 부동산에 내놓아야겠어."

"아니야, 아직 내놓지 말고 며칠만 기다려봐."

"왜? 빨리 내놓아야 세도 빨리 받을 거 아냐."

"하여간, 며칠만 좀……"

뭔가 낌새가 이상했다. 하지만 더는 집요하게 묻지 않았다. 그사이 우리는 아래층에서 위층 201호로 이사를 했다. 공기는 좋으나 교통이 좀 불편한 까닭인지 202호는 아직 빈방이었다. 짐 정리가 끝난 후 남편은 하릴없이 마당에서 어정버정하더니 나를 불렀다. 그러곤 시선을 피하는 척하며 말을 이어갔다.

"저기 봉구 말이야, 얼마 진에 퇴직금 받은 게 있는데 우리 집 용도변경 끝나면 거기서 카페를 해보고 싶다고 하더라고. 그러면서 같이 동업하자는 거야. 어차피 나도 마땅한 수입도 없고 해서 생각해본다고 했어."

"동업은 좀 별론데. 운영이 잘 안 되면 친구 잃고 돈 잃고 결국 다 잃을 텐데."

"당신도 알다시피 봉구랑 나는 둘도 없는 친구잖아. 절대 그럴 일은 없지, 싶은데."

"그나저나 둘이 동업한다는 거, 원희도 허락했대?"

"봉구도 오늘쯤 얘기한다고 했어."

남편은 죽기 전에 친한 친구와 한 건물에서 살고 싶다더니 꿈은 이미 코앞에 와 있었다. 남편을 믿기로 했다. 그저 최소한의 공사 비용으로 최고의 효과를 낼 수 있기를 바랐다.

건물이 허름하긴 해도 실내 장식은 아늑하면서도 자연이 주는 여유로움을 마음껏 누릴 수 있게 했다. 카페 문을 열면 청계산의 맑은 공기가 유입되어 자동으로 환기되었다. 카페 한쪽 공간에는 단체가 들어갈 수 있는 방을 만들어 다양하게 활용할 계획까지 세웠다. 드디어 모든 공사가 끝났다. 봉구 씨 부부는 비어 있던 202호에 살림을 풀었다. 공동체 생활이라 나름의 규칙을 정했다. 아무래도 주방이 제일 신경 쓰였는데, 학교에서 영양사로 근무하다 퇴사한 지 얼마 되지 않은 원희가 맡기로 했다. 커피와 음료는 바리스타인 봉구 씨 담당이었다. 그리고 카페 홀 청소와 나머지 모든 잡일은 남편과 나의 몫이었다. 메뉴는 간단하게 몇 가지만 정해 놓았다. 건강 차와 커피, 딸기 생크림 샌드위치만 팔기로 했다. 마침내 브런치 카페가 문을 열었다.

늦은 시간 남편과 함께 집 근처 호수 공원에 산책하러 나갔다. 남편과 처음 데이트하던 장소도 호수 공원이었다. 그땐 두 손 꼭 잡고 걷다가 사람들의 시선을 피해 기습적인 키스를 몇 번이나 했는지 모른다. 불현듯 추억 속 애정의 시간을 기대해 보았다. 기대는커녕 눈치 없던 남편이 저만치 앞서가는 바람에 주변 경치나 감상할 겸 나는 아예 느릿느릿 걸었다. 연인들이 곳곳에서 데이트를 즐겼다. 보랏빛 수국을 닮은 연인들을 보면서 나도 연애를 해보고 싶단 생각이 빠르게 지나갔다. 마치 누군가가 내게 반할 것 같은 매력이라도 있는 양 생각만 했는데도 짜릿했다. 밤길을 걸으며 잠시 한눈팔았던 것을 눈치챘던지 그제야 남편이 와락 끌어당겼다. 발걸음은 부지런히 따라갔으나 마음이 자꾸만 뒷걸음질하다 하마터면 넘어질 뻔했다. 갈피를 잡지 못한 중년의 마음은 아직도 밤중이었다. 어떻게 된 게 머릿속 생각들이 낮과 밤에 따라 다르게 표현이 될 땐 당혹스러웠다. 생각의 어둠이 무사히 지나가길 바라자 곧 아침이 왔다.

창문을 덮고 있던 블라인드를 걷어 올리며 청소하려는데, 앙증맞은 햇살이 이내 카페 안으로 밀려들었다. 계산대 옆 스피커에서 흘러나온 '모든 날 모든 순간'의 노래가 충만한 감성을 자극하기에 더할 나위 없었다. 하지만 기대와 달리 빈 테이블은 애처로이 손님을 기다렸다. 우리의 표정은 금세 검은 구름으로 변했다. 괜찮은 척 애를 써 봐도 수심 가득한 티가 났다. 몇 달이 지난 후 이대로 마냥 손님을 기다릴 수 없을 거 같아 남편한테 한 가지 제안했다.

"자기야, 카페 이름을 다방으로 바꾸자고 하면 안 될까?"

"뜬금없이 그게 무슨 말이야?"

"이 동네는 카페보다 왠지 다방이 더 잘 어울릴 거 같아."

"에이, 그게 되겠어? 요새 고급스럽고 세련된 카페가 얼마나 많은데."

"이를테면 서비스에 차별화를 두고 우린 감성을 파는 거지. 신청 곡을 받아 턴테이블 엘피 음악을 틀어주면서 손님들과 함께 소통하는 공간을 만드는 거야. 이참에 당신이 그토록 하고 싶다던 음악다방의 디제이가 되어 보는 건 어때?"

"뭐 괜찮은 거 같기도 하고, 일단 봉구랑 의논해 볼게."

다방이라니, 내가 말해놓고도 싸구려 커피 같은 웃음이 새어 나왔다. 그나저나 봉구 씨 부부가 찬성해야 가능한 일이었다. 다행히 봉구 씨 부부도 좋다고 하여 이름을 바꾸기로 했다. 이제 다방 이름을 어떻게 할지 고민이었다. 한 사람씩 생각나는 대로 말해보기로 했다. 원희가 먼저 말했다.

"나는 꽃 다방."

이어서 봉구 씨가 말했다.

"나는 봉천 음악다방."

봉구 씨의 말이 끝나자마자 남편이 활기찬 목소리로 말했다.

"나는 엘피 음악다방."

"나는 영 다방."

마지막으로 내가 말했다. 보아하니 모두 자기가 말한 것으로 다방 이름이 정해지길 바라는 눈치였다. 아무도 양보하지 않을 것 같아 어쩔 수 없이 가장 공평한 방법으로 정하기로 했다. 다음날 출입문 한쪽에 스티커를 붙여 놓았다. 손님들의 반응에 따라 묻지도 따지지도 않고 수용하기로 한 것. 결과는 엘피 음악다방이었다. 우리는 마음이 분주해졌다. 간판을 새로 맞춰야 하고, 실내 장식은 엘피 음악다방과 어울리도록 조금씩 손을 봤다. 한쪽 공간에 있던 방을 없애고 그 자리에 당구대를 설치했다. 이윽고 간판에 조명이 켜지자 근사하게 변신한 엘피 음악다방이 온화한 자태를 뽐내며 손님을 맞이했다.

목요일 밤, 남편의 고교 동창들이 모였다. 그들은 부러 근처에서 저녁 식사를 하고 엘피 음악다방의 오픈을 축하하기 위해 특별히 왔다고 했다. 음악다방을 둘러본 후 누군가가 큰 소리로 말했다.

"도봉구랑 양천구가 결국 일을 해냈구나. 멋지다!"

"그러게, 말이야. 일등과 꼴등의 변치 않는 우정이라니!"

"정말 부럽다, 친구야. 잘되길 바랄게!"

대여섯 명 정도 모인 친구들은 학창 시절로 돌아간 듯 진심으로 축하해 주었다. 친구들은 한때 공부의 신이라 불렸다던, 바리스타인 봉구 씨가 직접 내린 커피를 마시며 신청 곡을 적느라 바빴다. 남편은 꿈을 이룬 프로 디제이 같았다. 친구들은 발라드곡을 신청한 후 당구대가 있는 곳으로 이동했다. 그중에 한 명이 내게 물었다.

"당구 쳐도 되나요?"

"네 가능합니다."

"한 시간에 얼마예요?"

"말하자면 딱히 정해진 가격은 없고, 한 테이블에 네 명 이상의 손님이 왔을 때 그 일행끼리 이용할 수 있는 거예요."

"그럼 서비스인가요?"

"그런 셈이죠. 손님은 지금 사용할 수 있습니다."

나는 손님이 묻는 말에 매우 친절하고 부드러운 목소리로 답을 해주었다. 말이 채 끝나기도 전에 손님들의 눈동자는 이리저리 공을 굴렸다. 손님들끼리 편 가르기가 끝나자 곧바로 본 게임이 이어졌다. 당구대를 중심으로 둘러서서 응원하는 사이 신청했던 곡이 흘러나올 땐 몰입하여 듣다가 흥얼거렸다. 때론 큰소리로 따라 부르기도 하면서 그야말로 딱 그 시절 그 느낌으로 돌아간 듯했다. 최고의 순간을 만끽하고 있는 손님들로 인해 음악다방 온도는 한증막을 방불케 했다. 굳이 청년 시절로 돌아가고 싶단 말을 하지 않아도 주어진 환경에 나를 맡길 줄 안다면, 그것이야말로 진정한 젊음이 아닐까 싶었다. 게임이 끝남과 동시에 싸우기 직전의 상황에 다다른 목소리가 얼핏 들렸다.

"와, 이제 내가 고수다. 이 말인즉슨 제일 젊다는 거 인정하라는 뜻이야."

"뭐라고? 저게."

"너희들은 영원한 나의 하수. 천구도 내 점수를 절대 깨지 못할걸."

"야, 그냥 봐주자. 어쩌다 운이 좋았다고 치자."

"운이 아니라 나의 젊은 피가 아직 살아있다는 증거라고."

"하기야 넌 아직 신혼이나 다름없잖아. 부럽다."

듣자 하니 그들은 서로 당구 점수가 제일 높은 사람만 남부럽지 않은 젊은 청년이라면서 우겨댔다. 나는 피식피식 웃음이

새어 나왔다. 엘피 음악다방의 기운을 받았을 거 같은 착각 때
문이었다.

  엘피 음악다방은 생각했던 것보다 빠르게 입소문을 탔다. 하
루의 매출은 늘 기대치를 훌쩍 넘었다. 나는 비록 그린벨트에
묶여 있는 땅일지라도 주변 매매 물건이 나올 때마다 사두었다.
사실 노래에 관한 남편의 다분한 끼가 없었다면 엘피 음악다방
으로 변화할 수 없었을지도 몰랐다. 그뿐만이 아니었다. 공부
의 신은 절대 못 되어도 당구의 신 정도는 될 법한 남편의 당구
실력은 프로 못지않았다. 덕분에 엘피 음악다방에서 남편의 인
기는 늘 일 순위였다. 특히 중년 여성들의 관심을 독차지하다시
피 했다. 단골손님이 늘어나면서 당구를 배우고 싶다는 사람도
많아졌다. 남녀를 불문하고 일행이 넷 이상이면 당구대를 사용
할 수 있었다. 남편은 기회가 주어진 사람들에게 당구를 가르쳐
주었다. 사용 시간은 한 시간이었다. 당구를 배우고 싶은 손님
들은 일부러 사람을 모아 오기도 했다. 남편은 여자 손님들한테
한없이 친절했다. 굳이 손님들이 앉을 자리까지 따라가 눈웃음
을 흘릴 때면, 아무리 태연한 척해도 질투가 났다. 그럴 때마다
나도 모르게 속 좁은 사람처럼 툴툴거렸다. 그러던 어느 날이었
다. 매일 오다시피 한 여자 단골손님이 집요하게 개인 교습해달
라고 부탁하자 남편은 결국, 허락하고 말았다. 손님은 코맹맹이
소리로 남편한테 사장님이라 불렀다.
  "사장님, 당구를 한 번도 쳐보지 않았는데도 가능할까요?"

"그럼요, 당구는 기본자세가 굉장히 중요하거든요. 자세만 잘 배워도 어느 정도는 칠 수 있을 겁니다."

"사장님만 믿을게요."

"자, 먼저 큐를 들고 오른발을 살짝 바깥쪽으로 벌려 중심을 잡고 왼발은 오른발보다 한 걸음 앞으로 한 다음, 엄지와 검지를 이용하여 브리지를 만든 왼손은 앞으로 쭉 뻗는 게 좋아요. 큐를 잡은 오른쪽 팔꿈치가 흔들리면 절대 안 됩니다."

"사장님, 근데 팔꿈치가 자꾸 흔들려요."

"큐를 잡을 때 너무 힘을 주거나 반대로 너무 약하게 잡으면 그럴 수 있어요. 자 봐요, 딱 이 정도의 힘 조절이 필요해요."

약간의 신체접촉이 일어날 수밖에 없는 상황이었다. 곁눈질로 살짝 본 남편의 표정엔 생기가 돌았다. 계산대에 앉아 듣고 있자니 기분이 상했다. 나는 부러 못 본 척하며 주방으로 들어가 버렸다. 언제부턴가 남편은 시계를 확인하는 버릇이 생겼다. 마치 누군가를 애타게 기다리는 사람처럼.

며칠 후 나는 원희와 함께 누적된 피로를 풀 겸 사우나에 갔다. 엘피 음악다방은 두 남자에게 맡겼으니 모처럼 휴가를 떠나온 기분이었다. 온탕에 들어가 전신을 담그고 가만히 눈을 감았다. 머리에서부터 발끝까지 구석구석 쌓인 피로가 풀어지는 듯 이제야 좀 살 것 같았다. 내친김에 마사지도 받고 싶어 원희에게 물었다.

"원희야, 우리 전신 오일마사지 받아 볼까?"

"너도 알다시피 내가 여고 시절부터 지금까지 좀 마른 편이 잖아. 받고 나면 오히려 더 아프기도 해서 별로 좋아하진 않는데, 네가 원하면 그러든지."

원희는 썩 내키지 않은 말투로 답했다. 그런데도 나의 몸은 이미 마사지를 받은 것처럼, 청량감이 넘치는 목소리로 원희한테 말했다.

"이따 나갈 때 우리 몸이 가벼워 날아가는 거 아냐?"

"강서진, 넌 그 정도로 받고 싶은 모양이구나."

"맞아, 요즘 너무 힘들었거든."

"그래, 그럼 그렇게 하자."

원희의 뜨뜻미지근한 대답이 걸렸지만, 마사지 받을 땐 아무것도 생각하지 않기로 했다. 무의식의 상태로 누워 있고 싶었다. 한 시간쯤 지나 뼈 마디마디가 이완되고 긴장되었던 근육도 부드럽게 풀리는 것 같았다. 한결 가벼워진 마음으로 밖으로 나오는데 헐레벌떡 마사지사가 뛰어나왔다. 그러더니 원희를 불렀다.

"저기요, 손님. 아까 깜박하고 말을 못 했는데요. 목에 볼록한 게 있더라고요. 검사 한 번 받아 보시라고요."

"그래요, 알려 줘서 고마워요."

원희는 대수롭지 않은 듯 가볍게 인사를 했다. 그나저나 두 남자에게 맡겨 놓은 엘피 음악다방이 이제야 걱정이 되었던지 원희는 다방에 들어서자마자 봉구 씨가 있는 주방으로 향했다. 나는 남편과 눈이 마주쳤지만, 남편은 나를 본체만체하고 개인

교습을 열심히 하였다. 적잖이 당황스러웠다.

　아무래도 일주일에 한 번은 쉬는 날을 정해야 할 것 같아 네 명이 마주 앉았다. 그동안 홍보하는 차원이라 생각하여 쉬지도 않고 일하는 것에 동의했다. 이제는 자리를 잡았으니 하루라도 빨리 실행하고 싶었다. 나는 자꾸만 원희의 건강이 신경 쓰였다. 엘피 음악다방의 운영방식에 대해서도 의견을 나누고 싶었다. 내가 먼저 제안했다.

　"엘피 음악다방의 운영을 요일별로 콘셉트를 정하면 어떨까요?"

　"매일매일 다르게요?"

　봉구 씨는 뭔가 기대하는 눈빛으로 나를 보며 물었다.

　"아니요. 이를테면 월요일은 휴무, 화요일 목요일은 당구를 칠 수 있는 날, 수요일 금요일은 디제이가 신청 곡을 받는 날, 토요일 일요일은 엘피 음악다방 커피에 빠지는 날로 정하는 거죠."

　나는 그렇게 되길 바라는 마음으로 또박또박 말을 이어갔다.

　"좋아요, 괜찮을 거 같아요."

　원희가 기다렸다는 듯이 말했다.

　"다른 의견들이 있으면 지금 다 얘기해 봐요."

　나는 봉구 씨와 남편의 눈빛을 번갈아 보며 재차 물었다.

　"일단 서진 씨 의견에 동의하고요."

　봉구 씨가 말했다.

"저도 동의합니다."

남편이 말했다.

"좋아요, 그럼 당장 안내문을 써서 엘피 음악다방 출입구 쪽에 붙이기로 해요."

일사천리로 마무리되었다. 디제이가 음악을 신청받는 날엔, 눈코 뜰 사이 없이 바빠 영업이 끝나고 나면 탈진하기 직전이었다. 어디 그뿐일까, 엘피 음악다방 커피에 빠지는 날엔, 영혼이 빠져나갈 뻔했다. 그럴 때마다 원희의 얼굴에선 영락없이 애매한 서너 가지의 표정이 보였다. 입안에 공기를 넣었다가 빼기를 반복하는 행동에는 언제 터질지 모를 불만 같은 것이 들어 있는 거 같았다. 문득 원희가 했던 말이 떠올랐다. 한적한 곳에 가서 하루라도 편하게 쉬었다 왔으면 좋겠다는.

더는 미루면 안 될 것 같아 병원에 가기 싫어하는 원희를 설득하여 검사를 예약해놨었다. 이번 휴무일은 원희의 검사 결과가 나오기 하루 전날이었다. 무엇이 되었던지 어떤 결과를 기다리는 동안에는 천국과 지옥을 넘나들었다. 예민한 성격의 소유자인 원희는 신경이 마비될 정도로 날카로워 보였다. 스지는 불안감은 극에 달했다. 여러모로 긴장된 마음을 잠시라도 잊기 위해 남편을 꼬여 낚시하면 어떨까 싶었다. 한때 동호회에 빠져 가정을 등한시한 전적이 있었으니 낚시에 관한 모든 것은 전혀 문제가 없을 거라고 판단했다. 남편은 흔쾌히 대답해 주었다. 그러곤 다시 물었다. 이왕에 가는 거 바다낚시를 가도 괜찮냐고. 우리는 좋다고 했다.

남편은 한동안 쓰지 않았던 낚시 장비들을 창고에서 꺼내와 승용차 트렁크에 실었다. 궁평항에 도착하여 차를 주차하고 작은 섬으로 들어가기 위해 배표를 끊고 기다리는 중이었다. 바람이 생각보다 많이 불어 섬보다는 궁평항 피싱 피어에서 낚시해도 괜찮을 거 같았다. 바다 위에 데크가 잘 설치되어 있어 돗자리 하나 깔면 그야말로 바다낚시를 하기엔 금상첨화의 환경이었다. 하지만 우린 낚싯배 한 척을 예약한 상태라서 꼼짝없이 섬으로 가야만 했다.

　한눈에 보기에도 앙증맞은 작은 섬, 입파도의 하늘은 우릴 반겨주었다. 민박집 주인이 차를 가지고 마중을 나와 편하게 도착했다. 짐을 내려놓고 주변의 경치가 너무 좋아 좀 걸었다. 사람이 많지 않아 한적한 길을 따라 걷다 보니 어느새 작은 등대가 있는 곳까지 올라갔다. 어찌 된 까닭인지 바다를 둘러보는 내내 쓸쓸한 생각이 떠나질 않았다. 인적이 드문 탓이려니 하며 내려가던 중이었다. 군데군데 노란 소국이 무리를 지어 내려가던 발걸음을 기어이 불러 세우는 것 같았다. 가까이 다가가 쪼그리고 앉아서 활짝 핀 소국을 만지려는데 꿀벌들이 날아들었다. 나는 벌을 피하려다 뒤로 벌러덩 자빠지고 말았다.

　선착장에서 낚싯배 주인이 기다리고 있었다. 남편과 봉구 씨가 낚시 장비를 옮겨 실었다. 나도 막 배를 타려는데 원희가 불렀다.

　"서진아, 난 그냥 여기서 쉬고 있을 테니 잘 다녀와."

　"아니 왜? 너랑 같이 가야 재밌지."

"생각해보니 여기 작은 섬 구석구석을 둘러볼 시간이 안 될 거 같아서."

"그렇구나. 그럼 나랑 같이 근처에서 차 한 잔 마시면서 그렇게 하자."

나는 원희와 함께 남기로 했다. 어차피 편안하게 쉬는 게 목적이었으니 무리할 필요는 없었다. 남편에게 부탁했다.

"자기야, 낚싯배 타고 낚시하는 거 오랜만이지. 그렇다고 너무 흥분하지 말고 차분한 마음으로 고기 많이 잡아 와. 시간에 맞춰 싱싱한 회를 바로 먹을 수 있도록 준비해 놓을게. 참, 봉구 씨 구명조끼도 잘 챙겨주고."

"알았어. 바다에 있는 먹거리를 싹 쓸어 올 테니 이따 봐."

"싱싱하고 쫀득한 회가 입안 가득 채워질 생각만 해도 엔도르핀이 솟아오르네. 조심히 잘 다녀와."

우리의 대화가 끝나고 두 사람을 태운 낚싯배가 멀어져 갔다. 바쁜 일상에서 쫓기듯 살다 보니 원희와 제대로 이야기할 시간조차 없었다. 나는 원희와 팔짱을 끼고 바닷가로 나갔다. 원희는 여고 시절에 자주 했던 대로 깍지 끼듯 두 손을 포개어 잡고 말을 이어 갔다.

"서진아, 실은 갑상샘 검사 결과가 안 좋을까 봐 겁도 나고 마음이 좀 울적했었어. 너도 알다시피 난 고아잖아. 살아오면서 참 많이 외롭고 힘들었거든. 그래서 결혼하면 아이를 많이 낳으려고 했는데 그마저도 내 뜻대로 안 되더라. 오래전에 자궁적출을 해서 그토록 갖고 싶었던 아이는 결국, 포기할 수밖에 없었어. 나는 지지리도 복이 없나 봐. 근데 우연히든 필연이든 보잘 것없는 내 곁에 있어 줘서 고마워. 이 작은 섬에 너랑 함께여서 참 좋다."

"그랬구나. 이젠 모든 걱정 미리 하지 말고 지금, 이 순간을 즐기자. 가끔 혼자의 시간이 필요할 때 언제든지 얘기하기로 하자."

"좋은 생각이야. 누가 뭐래도 건강한 삶이 우선이잖아."

"맞아. 우리가 건강해야 엘피 음악다방도 오래 할 수 있을 테니까."

오랜만에 원희와 찰진 대화를 나눴다. 바람이 찼다. 옷깃을 단단히 여미어도 틈새를 타고 들어오는 바람을 막을 순 없었다. 찬바람을 데워 줄 수 있는 따뜻한 차 한 잔이 생각났다. 바닷가 바로 옆 찻집으로 들어가 따끈따끈한 생강차를 마셨더니 간질간질하던 목구멍이 한결 부드러워졌다.

찻집을 나와 민박집 텃밭에서 고추를 따고, 상추와 치커리를 뜯어 깨끗하게 씻은 후 물기를 빼놓았다. 두 남자는 돌아올 시간이 훌쩍 지났는데도 오지 않았다. 불현듯 무슨 일이라도 생긴 건 아닌지 조바심이 났다. 남편한테 전화를 걸었다. 신호음은 가는데 받지 않았다. 불길한 예감을 티 내지 않으려고 침착하게 다시 걸었다. 여전히 받지 않았다. 이번엔 원희가 봉구 씨한테 전화했다. 상황은 마찬가지였다. 낚싯배 주인의 전화번호를 적어 놓지 않아 더 답답할 노릇이었다. 해경에 실종신고를 해야 하는지 말아야 하는지 감이 오질 않았다. 원희와 나는 마음이 불안하고 초조하여 어찌할 바를 몰랐다. 가뭄에 논바닥이 쩍쩍 갈라지듯이 입술이 바짝바짝 타들어 갔다. 잠시도 자리에 앉아 있지 못하고 먼바다만 뚫어지게 바라보았다. 마침내 멀리 희미한 불빛이 보이는가 싶더니 애간장을 태우던 낚싯배가 돌아오던 중이었다. 예상 시간을 두 시간쯤 지난 거 같았다. 어쨌거나 무사히 돌아온 것 같아 한시름 놓았다. 그런데 배에서 내린 두 사람은 빈손이었다. 필시 무슨 일이 생긴 모양이었다. 두 사람의 어깨는 축 처져 있었고 눈빛은 두려움에 떨고 있는 것 같았다. 두 사람은 아무 말도 하지 않은 채 민박집으로 걸어갔다. 나도 원희도 차마 다그칠 수가 없었다. 그래도 그렇지, 일단은 어떻게 된 영문인지 자초지종 들어 봐야 하지 않느냐는 생각이 들었다. 그래서 남편한테 물었다.

"자기야, 지금 많이 힘들어 보이는데 무슨 일이 있었는지 말해주면 안 돼?"

"짜증 나서 말하고 싶지 않아. 사기꾼한테 당한 더러운 기분이라서."

"……"

"알겠어. 마음이 좀 편안해지면 그때 이야기해 줘."

실망하는 내 눈치를 보았든지 옆에 있던 봉구 씨가 얘기를 꺼냈다.

"낚싯배를 타고 얼마큼 들어갔는지 기억이 나지 않지만, 배가 멈췄기에 낚시할 준비를 했어요. 그런데 느닷없이 주인이 다가와 여긴 고기가 없을 거 같다면서 무조건 철수하라는 거예요.

좀 더 멀리 가보자면서. 그때까지만 해도 고기를 많이 잡을 수 있다면 얼마든지 가자고 했죠. 그런데 점점 멀리 들어가니까 뭔가 불길한 생각이 들더라고요. 그래도 내색은 하지 않았죠. 아니나 다를까 그때야 주인은 본색을 드러내며 노골적인 요구를 하더라고요. 낚시할 생각은 아예 안 하고 기름이 별로 없다는 둥, 바람이 많이 부는데 선착장으로 돌아갈 수 있을지 없을지 모른다면서 자꾸 위협적인 말을 하니까 친구가 한마디 했죠. 개자식. 그랬더니 마음대로 하라면서 더 약을 올리는 거예요."

"그럼 전화는 왜 받지 않았어요?"

"사실 낚싯배 주인은 친구가 예약할 때 주인이 아니었던 거예요. 처음 예약했던 주인이 갑자기 해외여행을 가게 되어 그 사람한테 부탁했나 봐요. 그런데 예약할 때보다 많은 돈을 요구하니까 친구가 화가 나서 돌아가겠다고 했죠. 가짜 주인은 우리의 말을 아예 무시한 채 돈을 줄 때까지 반강제로 핸드폰을 빼앗은 후 배를 흔들더라고요. 깊고 깊은 망망대해 위에서 배가 흔들릴 때마다 젖 먹던 힘까지 끌어모아 난간을 잡고 버티는데, 분노가 치밀어 올라 폭발 직전까지 간 거예요. 자존심 상해서 원하는 돈을 주느니 차라리 바다에 확 빠져 버릴까도 생각했다니까요. 나 원 살다 살다 이런 끔찍한 지옥 같은 경험까지 하게 될 줄은 단 한 번도 생각하지 못했네요. 앞으로 영영 바다를 보고 싶지 않을 거 같아요. 친구도. 나도."

"에고 마음고생이 이만저만이 아니었겠네요."

"그러게요. 정말 힘들었을 것 같아요. 기분이 더럽게 찝찝한데 빨리 섬에서 나가요, 우리. 근데 마지막 배를 타려면 서둘러야 해요."

같이 듣고 있던 원희가 남편의 일그러진 표정을 본 듯 다급하게 말했다. 잠시라도 더는 머뭇거리고 싶지 않았기에 더욱 서두를 수밖에 없었다. 결국, 우린 아무것도 먹지 못한 채 그 섬을 빠져나왔다. 뱃속에선 꼬르륵꼬르륵 계속하여 음식물 공급을 원했지만, 전혀 알 턱이 없는 자동차는 쉬지 않고 달렸다. 나는 섬에서 빠져나온 것만으로도 마음이 놓였던지 잠깐 잠이 들었다.

"어서 와요. 커피 백만 잔을 쏟아부은 우리 집 커피 수영장에 오신 걸 환영합니다. 여유롭게 수영을 즐기다가, 살아오면서 여러 사람에게 피해를 주며 가짜 주인 행세하는 개자식 따윈 물속에서 밟아버려도 좋아요. 당신이 받은 고통만큼, 아니면 당신의 마음이 용서할 때까지 상대방을 잠수시켜 버리는 것도 좋고요. 하나둘 얽혀 있던 당신의 문제들이 해소되었다면 수영장에서 나와 주변 정원 산책을 해봐요. 백만 송이 장미가 당신을 응원할 겁니다."

나는 수영장을 이용할 사람들에게 간단히 안내했다. 그러곤 거실로 들어갔다. 인터넷 뉴스를 보고 있던 남편이 미소가 보일 듯 말 듯 모호한 표정을 지으며 다가왔다. 평소와 다르게 다정다감한 목소리로 잠들었던 나의 귀를 간지럽히며 말했다.

"당신이 그토록 살고 싶다던 커피 수영장이 있는 고급 전원주택으로 이사 가려면, 커피 백만 잔은 더 팔아야 할 거 같아."

"그래? 까짓것, 백만 잔 더 팔지 뭐!"

나는 벌떡 일어났다.

가발

가발

    사진 한 장이 핸드폰에 전송되었다. 나는 거친 숨소리를 달고 4층까지 걸어 올라올 아저씨한테 미안한 생각이 들었지만, 쇼핑을 멈출 순 없었다. 현관문 앞에 차곡차곡 쌓인 택배 상자가 집주인의 부름을 기다리고 있었다. 엄마는 현관문을 열며 짜증이 난 목소리로 말했다.

    또 가발 산 거야?

    알 거 없어.

    뭐라고?

    내가 무엇을 사든지 엄만 다 싫어하잖아.

    그거야 꼭 필요한 것도 아닌데 기분 내키는 대로 사니까 그렇지.

    엄만 어떻게 그렇게 단정을 지어 말할 수 있어. 내가 산 물건이 꼭 필요한 것이고, 그것이 내 삶을 충족시킨다면 그땐 뭐라할 건데.

몰라.

엄마와의 대화는 순종도 배려도 없이 서로 엇나가기 때문에 그만큼 힘들었다. 작고 낡은 오래된 빌라로 이사를 할 수밖에 없었던 이유를 알고 싶지 않았다. 누추하고 곰팡내가 나는 집에 거실이란 공간이 없었다. 짜증이 났다. 엄마랑 사이가 좋지도 않은데 코앞에 붙어 있는 느낌이 싫었다. 차라리 돌아오지 말 걸.

쇼핑 중독에 빠져도 답답한 마음은 해소되지 않았다. 뭔지 모를 갈증이 계속되었다. 때늦은 사춘기가 시작된 것처럼 매사에 불평불만이었다. 행여 엄마랑 눈빛이라도 마주친 날엔 그야말로 최악이었다. 꼬리를 물고 늘어지는 엄마의 잔소리에 지칠 법하지만 희한하게도 그럴 때마다 어디선가 악바리 같은 힘이 절로 생겨났다. 이것은 외로움에 대한 반항이다. 아마도 충분히 관심받지 못했던 시간을 보상받고 싶은 이유였을지도 몰랐다.

나의 동의 따윈 무시된 채 홀로 된 엄마를 이해하기는커녕 서로 악마가 되어갔다. 누군가 죽어야만 끝날 거 같은 보이지 않은 기 싸움의 승자는 없었다. 무엇을 탓하랴. 서로에 대한 기대치가 불러온 미완성의 시간이 흐를 뿐이었다. 같은 또래가 아니어도 그들이 다니던 학교에 편입할 생각이 있다면 한국에 들어와도 괜찮다던 엄마의 눈에 까만 눈물이 고였다. 나는 곧 쏟아질 것 같은 엄마의 눈물을 피해 밖으로 나갔다. 모녀가 부둥켜안고 울지도 모른다는 상상 자체가 싫었다. 아직 모녀의 화해는 일렀다. 자존감이 회복되지 않았기 때문이었다. 밖으로 나와 한참을 혼자 걷던 중, 길에 떨어진 명함 한 장을 발견했다. 명함을 호주머니에 넣고 분식집 앞에서 엄마한테 전화했다. 엄마가 좋아한 떡볶이를 함께 먹으면서 화해하고 싶었다.

엄마는 한 시간째 통화 중이었다. 갱년기가 시작된 엄마는 틈만 나면 친구들과 수다를 떨었다. 수다는 엄마가 살아가는 방편이다. 말로 욕망을 떠벌리고 해소하는 수다, 엄마의 기분이 나아져 모녀 사이가 원만해진다면, 수다는 더할 나위 없이 좋은 방법 같았다. 오랫동안 해오던 엄마의 쇼핑몰 운영이 어려워지면서 급기야 사업을 접을 지경에 이르렀다. 엎친 데 덮친 격으로 나까지 타국 생활에 적응하지 못하고 귀국한 꼴이 돼버렸으니 엄마의 심정이 오죽할까 싶었다. 엄마의 사치품들은 하나씩 중고 마을로 이사를 했다. 그 빈자리에 무엇이 어떤 형태로 채워질지 아직 모른다. 아무것도 예측할 수 없기 때문이다. 영원할 것 같은 황제의 시간도 상황에 따라 급하게 멈출 수도 있지 않은가. 그 또한 모를 일이었다. 하루에도 몇 번씩 반복되는 엄마의 갱년기 증상은 조울증 증상까지 넘나들었다. 엄마의 삶을 이해하고 도와주어야 한다는 걸 알겠는데도 막연한 두려움이 밀려올 때는 잠을 잘 수 없었다. 미치도록 엄마가 미웠다가 안쓰럽기도 했다. 어쩌다 엄마가 취하도록 술을 마신 날에는 상상할 수 없는 육두문자들이 집안 곳곳으로 날아다녔다. 나는 갈수록 엄마의 거칠고 험한 말들을 다 받아내기가 지치고 버거웠다.

이놈의 집구석에서 하루라도 빨리 도망가고 싶었다. 문득 그때 주운 명함이 떠올랐다. 그날 입었던 옷을 꺼내와 호주머니를 뒤졌다.

찾아가는 서초희 상담사
핸드폰 010-1234-0000
상담실 따로 없음
남자는 받지 않음
한 번쯤 다 털고 싶은 사람 환영

나는 명함의 상담사한테 전화했다.
-안녕하세요, 명함 보고 전화했는데요.
-네 잘하셨어요. 어떤 도움이 필요하세요.
-근데 상담실이 없으면 어디서 어떻게 하는 건가요.
-이동하는 공간에서요.
-그럼, 예약 잡아주세요.

다섯 번째 만남이 있는 날엔 드라이브하면서 상담을 진행한다고 했다. 이날은 상담료가 조금 비싸긴 해도 특별한 경험이 될 것 같아 흔쾌히 수락했다. 상담사가 집 근처까지 와서 나를 태우고 출발했다. 복잡한 도시를 벗어나 탁 트인 고속도로를 달리다 보니 상담받기도 전에 닫힌 마음이 확 뚫린 기분이었다. 상담사는 끝 차선으로 주행했다. 단 한 번도 평균 속도를 벗어

나지 않았다. 편안하고 안락한 느낌이 좋았다. 창밖 경치를 구경하다가 나도 모르게 마음속의 이야기들이 줄줄 흘러나왔다. 따로 라포를 형성할 필요도 없이.

"낯선 나라에서 처음 만난 룸메이트는 어색한 기류 때문에 조금 불편하기도 했습니다. 얼굴과 피부 색깔 그리고 살아왔던 환경이 서로 다른 두 사람이 작은 공간에서 호흡하며 산다는 게 만만치 않더라고요. 언어가 서툴러 깊은 속내를 꺼내기까지는 시간이 좀 걸렸죠. 그런대로 적응되어가고 있을 무렵이었죠. 몸이 피곤하여 다른 날보다 일찍 침대에 누워 자고 있는데, 평소보다 늦게 들어온 룸메이트가 내 침대로 살그머니 들어와 바짝 붙어 눕더라고요. 그러더니 갑자기 내 가슴을 만지는 거예요. 뭐야. 나는 깜짝 놀라 잠에서 깼죠. 느닷없이 왜 그런 행동을 했냐고 묻자, 룸메이트는 유독 동양 사람을 좋아하는데 그날따라 자는 모습이 사랑스러워 무의식적으로 더듬었다고 하더군요. 나는 매우 불쾌했지만, 한 번이라 생각하여 눈감아 주었습니다. 그날 이후 나를 향한 룸메이트의 관심은 집요했어요. 참 아이러니하게도 룸메이트의 그런 행동에 점점 익숙해져 가고 있다는 사실을 뒤늦게 알아차렸죠. 스펀지에 물이 스며들 듯 자연스럽게 가까워진 거죠."

"동성으로서 점점 익숙해져 간 자신에 대해 어떤 생각이 들던가요?"

"어쩌면 사람에 대한 정이 그리운 건 아니었을까 싶었어요. 어렸을 때부터 혼자 놀던 시간이 많다 보니 외로움이 몸에 밴 거죠. 외로움에 노출된 시간 동안 세상 어딘가에서 끊어질 듯 말 듯 한 가느다란 줄을 간신히 부여잡고 안간힘을 다해 발버둥 치는 게, 꼭 나인 것처럼 안쓰러웠습니다. 예나 지금이나 어떻게든 살아야 했으니까요. 몇 번이나 눈을 질근 감았다 떠봐도 나를 에워싼 두려움은 사라지지 않았습니다. 애써 묻어두려 했던 끔찍한 사건을 잊을 수만 있다면, 동성일지라도 사람의 따뜻한 온기를 거부할 이유가 없지, 싶었어요. 어쨌거나 당시 룸메이트의 과도한 애착이 부담스러워 당분간이라도 벗어나고 싶단 생각이 굴뚝같았습니다."

"그랬군요. 과도한 애착으로 인해 많이 혼란스러웠을 거 같아요."

"사실 집을 떠나면 뭐든 잘 될 것만 같은 착각이 현실과 부딪치면서 한계에 다다르자, 넘어지지 않으려고 애써 중심을 잡아보아도 여전히 삐거덕거리더라고요. 낯선 곳에서 혼자의 힘으로 감당해야 했던 것들이 생각보다 많았어요. 힘들 때마다 모든 것을 그만두고 한국으로 돌아가고 싶었지만, 용기가 나지 않았죠. 괜한 자존심도 덩달아 한몫했던 거 같아요. 좀 더 버텨보기로 마음먹었으나 당장 생활비가 없어 아르바이트해야 했어요. 학업과 일을 병행한다는 건 생각만큼 쉽지 않았습니다. 몸은 점점 지쳐가고 어디에도 마음 둘 곳 없는 그때였죠. 아르바이트하던 곳에서 친하게 지낸 M이 내 곁으로 와 울적한 마음을 달래주곤 했습니다. 서로 터놓고 이야기할 수 있다는 것만으로도 견딜 만했습니다. 새로운 희망이라도 생긴 듯 활력이 넘쳤으니까요.

그런데 하필이면 그때 M의 어깨에 살짝 기대어 있던, 나를 본 룸메이트의 표정이 한겨울의 칼날처럼 싸늘했어요. 룸메이트의 집착은 피를 마르게 했죠. 잠시 잠깐도 한눈팔지 못하도록 감시한 꼴이었으니까요. 일주일에 세 번은 같은 양말을 신어야 했고, 둘이 있는 시간에는 연인처럼 바짝 붙어서 손을 만지작거리며 다른 한 손으론 내 머릿결을 만지는 것을 좋아했어요. 그뿐만 아니라 본인 이외에 이성이든 동성이든 내가 그들과 대화하는 자체를 싫어하더라고요.

그러던 어느 날이었어요. 일과를 마치고 샤워를 막 하려는데 스르륵 욕실 문이 열리는 거예요. 깜짝 놀란 내가 소리치며 말했죠. 아직 샤워 끝나지 않았다고. 그랬더니 문밖에 서 있던 룸메이트가 옷을 벗고 들어와선 나를 씻어주겠다는 거예요. 내 생각은 묻지도 않고 다짜고짜 거품을 품은 샤워용 수건으로 젖가슴을 애무하듯 부드럽게 닦아주더라고요. 나는 좀 민망하여 그만하라고 밀쳤지만 막무가내였어요. 룸메이트가 젖은 내 머릿결을 뒤로 젖히는가 싶더니 갑자기 입맞춤하는 거예요. 그러곤 마치 아무 일 없던 것처럼, 배꼽 밑으로 점점 내려가 발끝까지 완벽하게 씻겨 주는데 손끝에서 묘한 설렘이 느껴졌어요. 뭔지 모를 자신의 욕망이 채워질 때까지 멈추지 않던 룸메이트의 행동에 나도 모르게 빠진 거 같았어요. 자의든 타의든 점점 축축해져 온 감정에 몰입할 수밖에 없었던 거죠. 더는 안 되겠다 싶더라고요. 분리해야 할 시간이 필요했어요. 곰곰이 생각해보니 룸메이트는 내 감정을 존중해줄 생각은 아예 없는 듯했고,

어떤 꿍꿍이속에 나만 고스란히 이용당하고 있는 건 아닐까. 별의별 생각들이 스치더라고요. 아니나 다를까. 한국에서 보내온 약간의 생활비마저 야금야금 앗아간 걸 알게 되었죠. 나는 룸메이트가 죽어버렸으면 좋겠다는 생각을 많이 했어요. 같이 죽거나 죽이고 싶단 생각밖에 다른 대안이 떠오르질 않았습니다. 희한하게도 그런 생각을 하던 날이면 룸메이트가 어떻게 알아챘는지 더욱 살갑게 대해주는 것 같아 소름이 돋을 지경이었습니다. 마치 토라진 애인을 달래주듯이."

나는 잠시 창밖으로 시선을 돌리며 창문을 열었다. 차가운 공기가 유입되면서 바닥에 깔린 눅눅한 찌꺼기가 빠져나간 듯했다. 상담사가 천천히 물었다.

"당시의 심정이 참으로 막막했을 것 같아요. 지난번에 얘기하려다 만 어떤 끔찍한 사건이란 것도 연관성이 있나요."

"글쎄요. 어렸을 때부터 엄만 나를 위해 헌신하다시피 살았어요. 아빠는 얼굴도 몰라요. 한 번도 본 적이 없거든요. 엄마 혼자 옷 가게를 운영하면서도 아빠가 없는 빈자리를 다 채워주고 싶어 했어요. 그게 당연한 줄 알았어요. 엄청나게 부유하진 않았어도 평범한 가정에서 생활하는 것쯤 되는 거 같았어요. 엄마랑 친구처럼 지내는 모녀 사이가 영원할 줄 알았어요. 그런데 언제부턴가 엄마의 방에서 흐느끼는 소리가 종종 들리더라고요. 엄마가 많이 외로웠던지 제가 초등학교를 졸업할 때쯤 결국, 재혼했어요. 일 년 정도 지나니까 새아빠의 본성이 나오기 시작하더라고요. 엄마는 옷 가게를 운영하다가 쇼핑몰까지 하게 되었는데 평소에 하던 대로 새벽 시장엔 늘 혼자 갔거든요. 어느 날 엄마가 시장에 가고 없을 때, 새아빠가 제 방으로 들어와 문을 잠그는 소리에 깜짝 놀라며 깼죠. 그랬더니 아빠가 제 입을 손으로 틀어막으며 가만히 있으라면서 압력으로 몸을 누르는 거예요. 사지가 벌벌 떨리고 숨이 막혀 이러다 죽을 수도 있겠다는 생각이 들더라고요. 불 꺼진 터널 안 공포 그 자체였어요. 얼마나 무서웠던지 엄마를 원망했어요. 왜 하필이면 이런 사람을 만났을까 싶었으니까요. 새아빠는 수능학원을 운영하니까 학구적이고 매우 자상할 줄 알았거든요. 하지만 상상을 초월한 성 집착은 피를 마르게 했어요. 결국, 성폭행당하고 말았습니다. 새아빠의 역겨운 숨소리를 땅에 묻어버리고 싶었지만, 용기가 나지 않더라고요. 사실 무서웠거든요. 어쩌면 쥐도 새도 모르게 죽임을 당할 수도 있을 거 같은 두려움이 컸죠. 엄마한테 말하면 죽여버리겠다는 협박은 갈수록 과격해졌습니다. 어떻게든 이 집에서 도망가고 싶은 생각뿐이었습니다."

"제기랄, 완전 쓰레기네."

"네?"

"미안해요, 너무 화가 나서 혼잣말한다는 게 그만. 사실 집이란 곳이 세상에서 그나마 안전한 공간이라 생각하며 살았을 텐데, 이건 집이 아니라 흉악한 공포의 장소가 돼버린 거 같네요. 집을 떠나고 싶은 이유, 충분히 알 것 같아요."

"야간 자율학습이 없는 어느 날이었어요. 무섭고 음흉한 집에 들어가고 싶지 않아 하굣길에 서울 시내 구경을 하러 갔어요. 별다른 생각 없이 두리번거리며 번화가를 지나가는데 A 유학원이란 간판이 눈에 보이더라고요. 들어가 볼까, 잠시 생각했습니다. 그럼 그렇지. 내 형편에 무슨 유학을 하겠어. 절대 못할 거란 생각에 짜증이 나자 금세 시무룩해지더라고요. 저만치 가던 발걸음도 도저히 이대론 포기가 안 되었던지 상담만이라도 받아보자 싶어, 유학원에 들렀습니다. 설명을 듣는데 홈스테이 프로그램이 마음에 쏙 드는 거예요. 기숙사가 있는 곳이라면 괜찮을 거 같았습니다. 하루라도 빨리 그럴싸한 핑계를 만들어 지옥 같은 집에서 도망가고 싶었으니까요. 집으로 돌아와 며칠 동안 엄마를 설득하여 고등학교 일학년을 마치고 외국으로 떠나게 되었습니다."

"외국에서의 삶은 견딜 만했나요?"

"문화의 충격을 극복하지 못한 나는 스스로 무너지고 말았습니다. 힘들게 사는 것도 지치고 믿었던 사람으로부터 받은 배신감은 도저히 용서되지 않았습니다. 바보 같은 내가, 결코 원망할 수 없는 현실이 미웠습니다. 삶으로 연결된 것들이, 생각할수록 피곤했습니다. M의 존재를 알고 난 룸메이트의 질투심은 폭발 직전까지 오른 듯했어요. 내가 특별히 관심이 있거나 사귀던 사람도 아닌데 당장 아르바이트하던 곳을 옮기라고 강요하더라고요. 단지 M이 남자라는 이유만으로. 사실 어쩌다 이런 관계에 빠지게 됐는지 단 한 번도 상상한 적이 없거든요. 나는 왜 이렇게 지지리도 인복이 없을까. 세상 모든 게 싫어졌어요. 지저분한 삶의 꼬리를 자르고 싶단 생각 말고는 아무것도 흥미가 생기지 않았어요. 그래서 내가 좋아하던 화창한 목요일 밤, 조금씩 사다 모은 수면제를 몽땅 털어 넣었습니다. 죽음만이 모든 간섭과 집착을 끊을 수 있을 거 같았거든요. 이제야 제대로 된 쉼, 미움과 원망 그리고 외로움을 느끼지 못한 곳이라면 더더욱 안주하고 싶었습니다. 그렇게 잠이 들었습니다. 얼마나 지났을까. 평온하고 영원한 잠인 줄 알았는데 무의식중에 눈을 뜨니 병원이었습니다. 의사 선생님은 현재 우울증세가 심하다면서 약을 처방해 주었습니다. 그날 이후 어찌 된 일인지 약을 먹어도 감정조절이 잘 안 되었고 점점 더 무기력해진 거 같더라고요. 밥을 먹다가도 누군가와 대화하는 중에도 원래의 내가 아닌 낯선 나를 마주하게 되는 거 같아 한편으론 무섭고 두려웠습니다. 도저히 이대로는 안 되겠다 싶어 용기를 내 엄마에게 도움을 청했으나 단번에 거절당하고 말았습니다. 보란 듯이 성공해서 돌아오겠다던 약속을 잊었냐면서 흔히 의지가 약한 자들이 말하는 꾀병으로 알고 무조건 견뎌보라는 것이었습니다. 엄마가 늘 내 편인 줄 알았는데 무척이나 서운했습니다. 그런데 엄마는 내가 그런 말을 했다는 것조차 기억하지 못하고요. 나는 그 후 지금까지 우울증약을 복용하고 있지만, 차마 엄마한테 말할 순 없었습니다. 때때로 엄만 나보다 더 힘든 상황과 대면하고 있기 때문이었죠."

"그렇군요. 많이 힘들었을 텐데 지금 여기와 마주하고 있는 시간에 좀 더 집중해보는 건 어떨까 싶네요."

서해대교 밑으로 바다가 보인 듯하여 잠시 창밖으로 시선을 돌리려는데 상담사의 핸드폰 진동 벨이 울렸다. 상담사는 나에게 양해를 구하고 전화를 받았다.

-서초희 상담삽니다. 무엇을 도와드릴까요?

-혹시 직장인 남자도 상담할 수 있나요?

-죄송합니다, 남자는 상담을 받지 않습니다.

-남자를 받지 않은 무슨 특별한 이유라도 있나요?

-없습니다.

　상담사의 드라이한 통화가 끝난 후 우린 차에서 내렸다. 평일이어서 도로 상황이 나쁘지 않았다. 서울에서 출발한 지 한 시간이 조금 넘어 행담도 주차장에 도착했다. 바다가 보이는 쪽으로 걸었다. 바다를 품고 있는 전망대를 향하는 발걸음이 한결 가벼웠다. 전망이 좋은 식당으로 들어가 자리를 잡은 후 상담사가 밝은 목소리로 말했다.

"밥은 제가 살 테니, 맛있는 거 먹읍시다."

"어머 정말요?"

"비싼 상담료를 받았으니 한 끼 정도 대접해 드려야죠."

"호호. 멋지세요, 상담사님."

"별말씀을요."

　식사하는 동안 한 번의 이혼 경력이 있다던 상담사가 주로 말을 이어 갔다. 상담사가 사적인 이야기를 풀어 놓으니 오히려 편했다. 그 순간 뇌의 통로를 지나가는 생각 중에 아무것이나 꺼내 온 듯했다. 듣고 보니 함께 웃을 수 있는 이야기가 무궁

무진했다. 식당을 나와 커피 한 잔씩을 포장하여 마시면서 걸었다. 체면 따위를 무시한 상담사의 소탈한 성격이 멋졌다. 그래서일까, 오히려 더 친근감이 들었다. 그러다 상담사는 나와 눈높이를 맞추며 편안하게 물었다.

"꺼내기 직전까지 매우 힘들었을 텐데, 털어 주어서 고마워요. 지금 마음은 어때요?"

"명치 끝에 걸린 멍울이 봄눈 녹듯이 사그라지는 그런 느낌이랄까. 후련하네요. 그렇다고 모든 걸 절대 용서하고 싶진 않아요. 아니 어쩌면 죽어도 용서하고 싶지 않을 거 같아요. 아직은 힘이 없지만, 지금보다 힘이 더 많이 생긴다면 저한테 반드시 무릎 꿇게 하고 싶어요. 죽을힘을 다해 용서를 받아내야죠. 평온한 삶의 미래를 꿈꾸던 시간을 몽땅 도둑맞은 듯한 더러운 기분이거든요. 어쨌거나 그런 일들로 엄마한테 반항하는 날이 계속되었어요. 차라리 소년원이 편할 듯하여 부러 사고를 쳐야겠단 생각도 많이 했거든요. 한 번 비틀어진 마음은 바로잡기가 쉽지 않았어요. 엄마의 희망이자 미래에 든든한 보험 같은, 곧잘 하던 공부마저도 포기하고 싶었으니까요. 분명 도피는 아닐 텐데 아니 어쩌면 핑계일지라도 어떻게든 엄마랑 새아빠의 불쾌한 흔적들이 존재한 현장에서 떠나고 싶었어요. 갈수록 무너진 자존감은 회복될 기미가 보이지 않았어요. 상담사님은 살고 싶지 않은 날들을 버티며 살아야 한다는 게 어떤 느낌인지 아세요? 살면서 한 번이라도 그런 느낌 느껴본 적 있나요?"

"살고 싶지 않은 날들의 느낌이라, 저도 그런 경험이 있지요."

"정말요, 뜻밖이네요."

"혹시 새아빠의 키는 보통이면서 약간 곱슬머리 아닌가요?"

"네 맞아요."

"A 대학 출신으로 한때 명강사이기도 했고, 까만 뿔테 안경만 고집하는 촌스러운 습관도 있고. 학위나 권위 따윈 아예 무시한 채 자신의 욕정을 채우기 위해 사는 짐승처럼 보일 때도 있지 않았나요?"

"어머 어떻게 아셨어요? 정말 비슷해요."

"개새끼."

상담사는 들릴 듯 말 듯 한 작은 목소리로 혼잣말처럼 창문을 열고 내뱉었다. 뭔가 분노에 찬 눈빛을 룸미러를 통해 얼핏 보았다. 잠깐의 침묵이 흘렀지만 어떤 답답함도 해결되지 않을 거 같았다. 상담사는 힘겹게 말을 이어갔다.

"쯧쯧 아직도 정신을 못 차리다니. 자기 친딸한테도 성추행을 시도해서 가족과 다른 사람들로부터 온갖 망신을 다 당했음에도 여전한 걸 보니 화가 치밀어 오르네요. 그 명강사는 바람둥이로 유명했거든요. 늘 뭔가를 계획이라도 하는 양 모녀 둘이 사는 여자들에게만 접근한다는 소문이 돌았거든요. 피해자들의 상처가 아물기도 전에 또 다른 먹잇감을 찾아 헤매는 짐승같았어요. 초점을 잃은 눈동자와 마주치는 날엔 스쳐 지나가는 바람 소리에도 종일 섬뜩할 정도였으니까요. 그 피해자는 여러 번 자살을 시도했었죠. 운이 좋았던 건지 나빴던 건지 뭐라고 단정 지을 순 없지만, 그때마다 눈을 뜨면 다시 세상이 보였다고 해요. 삶의 끈질긴 인연은 죽는 거조차 맘대로 할 수 없단 걸 알게 되었다면서, 아직은 더 살아야 할 운명인 것으로 생각하게 되었죠. 그 후론 한동안 가발을 쓰고 다닐 정도로 세상에 노출되는 게 무섭고 두려웠다고 해요."

"가발을 쓸 수밖에 없는 그 심정을 이해할 거 같아요."

나도 모르게 감정 이입이 되었다.

상담사가 깜박거린 나의 눈을 보며 물었다.

"그렇군요. 가발에 얽힌 뭔가의 사연이라도 있나요?"

"세찬 비가 쏟아지던 어느 목요일 밤이었어요. 어둠이 곧 무기였나 봐요. 대문 밖에서 얼쩡거리고 있는 복면을 쓴 어떤 남자를 본 거예요. 주변을 둘러본 뒤 그 남자는 미리 준비한 칼을 들고 안방으로 들어가 새아빠의 입을 틀어막고 옆구리를 여러 차례 찔러대곤 목적 달성을 다 한 듯 태연하게 방을 나가더라고요. 저는 새아빠의 고통스러워하는 비명을 무시한 채 남자를 따라갔어요. 저기요. 남자가 빗속을 미친 듯이 걸어가면서 울다가 웃다가 복면을 벗으려는 찰나에 벌떡 눈을 뜨며 일어난 거에요."

"복면을 쓴 여자의 기분은 어땠을까요."

"모르긴 해도 일시적으로 굉장한 희열을 느꼈을 거 같아요. 약간 후련해진 기분도 들었을 테고요. 하지만 용서까진 아니에요. 꿈을 꾼 이후 가끔 성형 수술하고 싶단 생각이 집요했어요. 내면의 성형은 시간이 더 많이 필요하단 걸 알기에 우선 외모적

성형이라도 하면 자존감이 회복될까 싶었던 거죠. 아니 어쩌면 전신 마취했을 때 깨어나지 못한 상황을 기다렸을지도 모르죠. 성형 수술을 한다고 해도 마음에 얼룩진 상처까지 아물지 않을 거라는 거 알면서도 나를 바꾸고 싶었어요. 더는 짧은 커트 모양의 가발을 쓰지 않아도 될 거 같았거든요."

긴 침묵의 시간이 흘렀다.

약속한 만남의 시간, 모든 회기가 끝나갈 무렵이었다. 한강이 보이는 주차장엔 빈자리가 없었다. 상담사는 좀 더 멀리 가더라도 말이 새어나가지 않을 만한 한적한 곳을 찾아 주차했다. 주차가 끝난 후 상담사는 운전사 뒷자리, 나는 조수석 뒷자리로 자리를 옮겼다. 푹신한 의자에 등을 기대어 눈을 감았다. 내가 눈을 뜰 때까지 기다려준 상담사가 먼저 말문을 열었다.

"지금 여기에 머문 감정은 어떤 감정인지 얘기해 줄 수 있나요."

"화가 치밀어 오르다가 사그라지는 것들이 반복되는 거 같아요."

"좋아요. 그러면 여기 앞에 있는 빈 의자에 화를 가져다준 상대방이 있다고 가정하고 하고 싶은 이야기를 해봐요. 무엇이든 좋아요. 마음에 남아 있는 찌꺼기들을 다 털어버리세요. 마음껏 소리를 질러도 괜찮아요. 여기는 안전한 곳이니까요."

나는 상담사의 말이 채 끝나기 전에 감고 있던 눈을 부릅뜨고 육두문자를 퍼부었다.

"그때 왜 그랬어. 어떻게 나한테 그런 끔찍한 짓을 할 수 있어. 난 겨우 열다섯 살이었는데 당신은 어른이 아니라 짐승이었어. 그저 성욕만을 채우기 위해 사는 개새끼나 다름없었다고. 분명 비 오는 그날 밤, 내가 칼로 찔러 죽였는데 왜 살아 있는 거야. 죽어, 제발 죽어버리라고. 당신 같은 남자만 보면 구역질이나. 미칠 거 같단 말이야. 당신을 피해 외국으로 갔지만, 아무것도 제대로 할 수가 없었어. 내가 왜 하필이면 개보다 못한 당신 때문에 동성이 다가오는 집착에 원치 않는 몸을 맡겼는지 모르겠어. 나도 내가 선택한 이성과의 사랑을 멋스럽게 하고 싶었는데, 왜 상대방한테 늘 미안함과 죄책감이 드는지 모르겠다고. 생각할수록 불쑥 원망 같은 게 올라올 때면 당장이라도 독거미를 풀어 당신의 침대와 더러운 그 입속에 처넣고 싶어. 살려달라고 애원하는 추접스러운 꼴을 즐기고 싶거든."

파르르 떨리는 나의 목소리가 화를 삼키려는 순간이었다. 아직도 분이 풀리지 않았든지 불안정한 호흡에 숨이 헐떡거렸다. 그 후로 한참을 더 쏟아내었다. 마음은 카타르시스를 느끼는데 몸의 지체들은 어느 순간 축 늘어졌다. 나는 한 번 더 길게 심호흡한 후 점차 안정을 찾았다.

"잘했어요. 그리고 수고했어요."

상담사는 나의 등을 쓰다듬었다. 기진맥진한 상태의 몸이 조금 홀가분해졌다. 마음 깊은 구석에 불편하게 자리를 잡고 있었던 응어리가 뚝 떨어져 나간 느낌을 경험한 셈이었다. 살아오면서 지지리도 인복이 없는 사람이라 생각했다. 한때는 구질구질한 나의 삶의 연을 끊고 싶어질 정도였으니까. 조금씩 정신이 맑아지자 내가 물었다.

"상담사님, 근데 그 사람을 아세요?"

"알아요, 아주 잘 알지요. 그 사람은 내 딸아이의 아빠이기도 했으니까요."

"정말요? 어떻게 이런 일이."

상담사는 눈을 감은 채 더는 말하고 싶지 않은 눈치였다. 나도 더는 묻지 않았다. 머리를 기댄 채 침묵이 이어졌다. 무거운 침묵을 깨고 상담사가 말을 이었다.

"딸아이가 열다섯 살 되던 해 아빠한테 성폭행당한 거예요. 딸아이는 남자 가발을 쓰고 다니면서 혼자 끙끙 앓다가 수치심을 견디지 못해 일 년쯤 지난 후 결국 삶의 끈을 놓아버렸죠. 그후 그 남자와 이혼하고 심리 상담을 받으면서 상담사가 되기로 맘먹은 거예요. 그런데 하필 제니 님의 고민이 그 남자와 얽혀 있단 것을 알게 되면서부터 조금 당황하긴 했지요. 하지만 지금은 모두의 자리에서 떠난 사람이니까 상관없긴 해요. 그 사람은 열다섯 살 여자아이한테만 집착하는 어떤 습관이 있더라고요. 그걸 바로 잡지 못하면 앞으로도 몇 명을 더 파탄에 이르게 할지 걱정이 되긴 해요. 벌써 두 번째 이혼인데 또 다른 재혼 가정을 찾는 거는 아닌지. 사실 그 사람 어렸을 때 상처가 좀 있었더라고요. 공부는 곧잘 했지만, 워낙에 내성적이다 보니 남자구실 못 할 거라고 친구들한테 놀림을 받았었나 봐요. 살아오면서 센 남자로 인정받고 싶은 욕구 불만이 컸던 거죠. 그러더니 어느 순간 감당할 수 없는 지경에 빠지게 된 거 같아요."

"아무리 그렇더라도 상상조차 하기 싫은 끔찍한 일이 있었다는 게 믿어지지 않아요."

나는 순간 버럭 화가 치밀었다.

"그 인간은 죽을 때까지 기억하고 싶지 않았는데, 이렇게 쉽게 소환되어 버리다니 쯧쯧."

상담사는 혀를 찼다.

"세상 참 더럽네요."

내가 말했다.

"제니 님, 상담 회기가 다 끝나고 나면 앞으로 어떻게 지낼 생각이세요?"

상담사는 약간 걱정하는 말투로 물었다.

"당분간 엄마랑 잘 지내보도록 해야겠어요. 남자 가발만 쓰고 다닌다고 티격태격 싸우기만 했었는데 엄마를 설득하여 기울어져 간 쇼핑몰 운영을 맡아볼 생각도 했고요. 앞으로 내 인생을 위해 살고 싶어요. 참 공부도 마저 해야 하고요."

"그래요, 뭐든 해 봐요. 응원할게요."

솔직히 나는 엘리베이터가 없는 가파른 계단이 싫어 외출하지 않을 때가 많았다. 하지만 상담받기로 예약한 날이 다가올 때면 거짓말처럼 힘이 났다. 심각한 수준의 우울증은 한국에 들어온 후 상담을 받으면서 거의 회복되었다.

나는 엄마의 갱년기가 더 심해지기 전에 함께 여행 가고 싶어 넌지시 물었다.

엄마, 우리 이번 주말에 여행 갈까?

뭐, 너랑 나랑? 가서 싸우면 어쩌려고. 차라리 여고 단짝 친구랑 가는 게 더 낫지.

알겠어, 그럼 그 돈으로 다시 가발을 사든지 해야겠어.

뭐야? 나랑 같이 여행을 가면 다신 가발을 안 산다는 거야?

응. 나 이제 짧은 가발 따원 필요 없을 거 같아. 원래의 내 모습으로 다니기로 했어. 자신감이 생겼거든. 그래서 기분 전환도 할 겸 엄마랑 여행 가려고 했던 거야.

그랬구나. 가자.

엄마는 대화 중에 번개처럼 사라지더니 캐리어를 꺼내오며 콧노래를 불렀다. 캐리어에 짐을 싸다 말고 살 게 있다면서 외출 준비를 했다. 서둘러 나가면서 청량음료 같은 목소리로 나에게 말했다.

제니야, 캐리어 열쇠 채우지 마. 다녀와서 내가 할게.

알았어, 엄마가 해.

다음 날 여행을 출발하는 차 안에서 엄마가 물었다.

제니야, 내 가발 어때?

우아하고 기품있는 단발 기장의 진홍색 웨이브가 엄마한테 진짜 잘 어울린 거 같아. 나는 어때?

너는 무조건 예쁘지. 어깨선을 살짝 내려간 기장의 시컬 웨이브가 찰랑거릴 때, 너의 에너지가 느껴져서 더 좋아.

그럼 우리 마지막 가발 기념사진이나 찍어볼까? 엄마가 나를 위한 깜짝 선물을 준비한 거잖아.

그러자. 그리고 힘차게 가발을 벗어 던지는 거야.

좋아.

그날따라 손가락 하트 모양을 만든 게 어색했던지, 카메라를 응시하지 못한 엄마의 시선이 자꾸만 손가락으로 향했다.

엄마, 어딜 보는 거야? 여길 봐야지. 다시 하나둘 셋!

인생은 태클을 걸수록 좋소

인생은 태클을 걸수록 좋소

법원 앞 도로는 한산했다. 점심시간이 막 지나서인지도 모르겠다. 질질 끌던 나의 결혼생활에 대한 판결은 예상 시간보다 빨리 끝났다. 마음이 홀가분해진 기분 탓인지 곧장 집으로 가긴 싫었다. 택시 정류장에 서 있는데 체크무늬 롱코트 옷깃 사이로 찬바람이 훅 들어와 정신이 번쩍 들었다. 뭔가 뻥 뚫린 것 같으면서도 체증은 여전했다. 종잡을 수 없는 허망한 마음은 입춘이 막 지난 날씨를 닮았다. '시인 진달래, 이제 너는 자유인이야!' 나는 다짐하며 택시를 탔다. 뒷좌석에 앉았다.

"어서 오세요, 어디로 모실까요?"

짧은 커트 머리에 진한 선글라스를 쓴 택시 기사가 상기된 목소리로 물었다. 나는 특별히 가고 싶은 곳은 없었다. 집만 아니면 어디든 괜찮았다.

"일단 직진해 달리세요. 저 오늘 자유인이 됐거든요."

"손님, 그래도 목적지는 있을 거 아닙니까?"

택시 기사는 룸미러로 나를 힐끗 보며 다시 물었다.

"여기에서 가장 가까운 바다가 보이는 카페에 가주세요."

"네? 어디라고요?"

"바다가 보이는 카페요!"

나는 창밖으로 시선을 돌렸다. 택시 기사는 더 묻지 않았다.

전날 깊은 잠을 자지 못해 피곤했다. 눈을 감았다. 이대로 고
요히 잠이 들면 어떨까, 깨워도 깨워지지 않는 그런 잠. 그때 가
방 속에서 전화벨이 울렸다. 저장된 번호가 아니었다. 받을까
말까, 썩 내키지 않는 통화버튼을 오른쪽으로 슬쩍 밀었다.

"달래야, 나야 송화. 전화번호가 달라서 놀랐지? 핸드폰이 깨
져서 새로 샀어."

"그랬구나. 넌 여전히 잘 지내고 있지?"

"그냥저냥 사는 거지. 넌 어때?"

"응, 나도 그렇지 뭐."

"달래야, 실은 나 병원에 다녀오는 길인데 시간 되면 만날
까?"

"어머, 어디가 어떻게 언제부터 아팠어?"

"좀 됐어."

"그렇구나. 근데 오늘은 좀……. 미안해, 내가 전화할게."

나는 모처럼 혼자된 시간을 뺏기고 싶지 않아 서먹하게 전화
를 끊었다. 아무래도 마음이 영 찝찝했다. 그때 택시 기사가 물
었다.

"저기 혹시 방금 통화하신 분, A 중학교 얼짱이었던 채송화 맞나요?"

"맞아요, 근데 왜죠?"

"저도 거기 졸업했거든요."

"어머나, 그럼 이름이 뭐예요?"

"나리, 오나리."

"달리기 잘했던 오나리?"

너무 반가웠다.

"난 진달래야. 우리 얼마 만이야."

"중학교 졸업 후 처음 보는 것 같은데."

택시 기사는 그제야 선글라스를 벗고 반가운 얼굴로 뒤를 돌아보았다. 뒷모습은 영락없는 남자였으나 목소리 톤이 약간 높았기에 여자지 싶었다. 하지만 동창일 줄은 전혀 뜻밖이었다.

"야, 이런 우연도 있네. 나리 넌 잘 사는 거지? 결혼은?"

"아직 혼자 사는 게 좋아서. 아니 구속당하는 게 싫다고 해야 하나."

"그럼 계속 혼자 살 거니?"

"아마도 그럴 거 같아. 난 하고 싶은 게 많거든."

"부럽다 얘."

"부럽긴, 아주 웃기는 삶이지."

나리는 자신이 살아온 이야기를 거침없이 풀어 놓았다.

"기차여행 중에 어떤 남자를 만났어. 바로 옆자리에 앉은 그 남자는 두 살 많았지. 교제하는 동안 괜찮다 싶어 결혼할 단계에 이른 거야. 그런데 자꾸만 결혼을 미루길래 뒷조사했더랬어. 알고 봤더니 그는 가정을 가진 남자더라고. 개자식. 그런 쓰레기 같은 남자한테 몸과 마음을 줬다는 게 쪽팔리고 싫어서 그의 가정을 파괴하고 죽어버리려고 했어. 근데 며칠 후 곰곰이 생각해보니 죽으면 나만 억울할 거 같은 거야. 그의 가정을 깨지 않으며 자존을 지키기로 마음먹었어."

나는 믿기지 않았다. 중학 시절 나리는 줄곧 반장을 했고, 달리기도 잘했다. 요란스럽지 않게 주변을 장악하는 나리의 통솔력과 카리스마를, 친구들은 부러워했다. 그런 나리가 어쩌다 택시 기사를 하게 되었는지 무척 궁금했다. 나리는 궁금증에 관한 이야기를 묻기도 전에 말해주었다.

"사실 대학 졸업 후 취직이 잘 안 돼 산전수전 다 겪은 후 마지막으로 운전하는 게 좋아 택시 회사에 입사했어. 그 후 개인택시에 이른 거야."

"그랬구나, 마음고생 좀 했겠다."

나는 솔직히 꼬집어 잘했다고 말하지 못했다.

이어서 나리가 느슨한 목소리로 말을 이었다.

"좀 힘들긴 했어. 진짜 되는 게 없어서 차라리 죽어버릴까 생각도 했지. 근데 시간이 지날수록 내가 잘하는 건 공부보다 운전이더라고."

"참, 나리답다. 잘하는 것을 찾아서 열심히 살고 있으니."

"그런가. 어머, 혼자만 너무 떠들었잖아. 이제 네 이야기 좀 듣자."

"내 얘기?"

나는 당황스러웠다. 그러잖아도 나의 삶을 물을까 싶어 중간
쯤에 내릴까도 생각하던 차였다. 차마 내 입으로 말하고 싶지
않은 것들을 아무렇지 않게 이야기하기엔 시간이 필요할 거 같
았다. 그런데 나도 모르게 이미 속에 있던 말을 끄집어내고 있
었다.

"남편은 다수가 부러워한 공기업의 연구원이었어. 머리는 좋
으나 몸이 약한 편이었고 날카롭게 지적하는 버릇이 있었지. 지
인의 소개로 만나 삼 개월 만에 결혼해 살아보니까 도저히 이해
할 수 없는 것들이 하나씩 보이는 거야. 그런데도 그게 사랑과
관심이려니 생각했어. 시간이 흐를수록 내 의견은 아예 못 들
은 척 무시되기 일쑤였고, 퇴근한 그와 집안 곳곳에 쌓인 먼지
를 닦아야만 저녁을 먹는 심각한 청결주의자였어."

"어떻게 살았니. 너무 힘들었겠다."

나리는 화가 난 목소리로 내 말을 부추겼다.

"그뿐만이 아니야. 어쩌다 마실 나온 햇살이 가득한 집에 둘
이 있다 보면 번개보다 빠른 찌릿함이 성감대를 터치해 올 때가
있거든. 그럴 땐 하던 일을 멈추고 강렬한 섹스를 나누고 싶은
마음이 굴뚝같았는데, 한 번도 해보지 못했어. 끝끝내 나의 욕
망이 해결되지 않자, 몽롱한 눈빛을 따라 도톰한 입술로 관능적
인 키스를 하다 거칠게 호흡하며 가슴골을 타고 애무하는 모습
을 혼자 상상하곤 했지. 남편의 오래된 습관은 계절에 상관없이
뜨거운 물로 샤워를 한다는 거였어. 항상 청결한 몸을 유지해야

안심이 된다는 사람이었거든. 샤워를 마친 남편은 내가 침대 위로 올라오기 전 이미 숙면에 빠진 날이 많았지. 도저히 이해할 수 없고 적응할 수 없는 것들이 타협점을 찾지 못하면서 부부 사이가 삐걱거렸던 거야."

이상하다. 철저하게 숨겨 놓은 이야기가 입 밖으로 나오자 거침없이 쏟아졌다. 어쩌면 누군가에게 도움을 받고 싶었던 것은 아니었을까. 그것도 아니라면 한 번쯤 어느 곳에라도 토해내야 살 수 있다는 것을 알기라도 한 것일까. 나는 잠시 숨을 고르고 말로 할 수 없는 얘기들을 떠올렸다.

남편은 결혼 전 함께 살았던 반려견을 데려왔다. 설마 우선순위에서 밀릴까 싶었는데, 예감은 소름이 끼칠 정도로 정확했다. 그는 나를 개새끼 뒤에 세웠다. 나는 반려동물보다 아이를 좋아하는데 정작 내 아이는 없다. 누구의 책임인지는 굳이 말하고 싶지 않다. 언제부턴가 나의 내면에 차곡차곡 쌓인 것은 행복이 아니라 외로움이었다. 보이지 않은 공허함이 무서운 속도로 내 안에 침투되는 걸 보면서 슬슬 나머지의 삶이 불안해졌다. 섹스 리스로 살아온 지난 십 년 동안의 삶을, 그야말로 드라마에서나 나올 법한 쇼윈도 부부였다는 것을, 집이란 곳이 결코 편안하게 쉴 수 있는 공간만이 아니었음을, 숨이 막혀 죽을 거 같은데 그 흔한 여행조차도 마음대로 할 수 없는 강박적인 현실을 어쩔 수 없이 수용해야만 하는 안타까움을 뼈서리게 경험한 삶이었다는 것을, 여자로서 단 한 번도 오르가슴을 제대로 느껴보지 못했다는 말을, 모범생이었던 내가 어떻게 실패한 결혼이란 걸 친구에게 말할 수 있단 말인가. 나의 자존감은 이미 바닥으로 내려와 온데간데없었다. 결혼한 후 여자로서 매력을 마음껏 발휘하며 살겠다던 야무진 꿈이 사라지고 오늘이 온 것이었다.

나리가 조심스럽게 물었다.
"그럼 아까 법원에서 도장 찍고 나온 거였니?"
"어."
나는 미련 따윈 아예 없다는 말투로 짧게 대답했다. 하필이면 오늘 내 생일이기도 했다. 구속에서 벗어난 첫 번째 자유를, 혼자여서 더 좋을 시간을, 마치 내일 세상이 끝날 것처럼 만끽하고 싶었다. 마흔 즈음에 새로운 반란이 시작될 거 같아 춤이라도 추고 싶었다. 서울을 벗어난 택시는 월곶 교차로에서 우회전하여 배곧신도시를 지나가고 있었다. 나는 창밖을 보며 나리를 불렀다.
"나리야, 잠깐만 천천히."
"왜 무슨 일인데."
나리는 비상 깜빡이를 켜고 도로 우측에 차를 세웠다.
"저기 버스 정류장에 앉아 있는 애, 송화 같아."
"아까 통화하던 송화?"
"맞아. 병원 다녀오는 길이라고 했는데, 왜 여기 있지?"
"이 동네 사나 보지."
"아니야, 송화는 서울역 근처에 살아."

"아까는 일이 있다고 했잖아."

"사실 일이 있는 건 맞아. 내가 가서 만나보고 올게."

나는 버스 정류장으로 걸어갔다. 송화는 그 자리에서 넋 놓고 앉아 있었다. 내가 다가가도 눈길을 주지 않았다. 내가 먼저 어깨를 살짝 쳤다.

"송화, 맞지?"

송화는 얼떨떨한 표정을 지었다.

"어 달래야, 여기는 어떻게 왔어?"

"지나가는 길인데 꼭 너 같아서 잠깐 내렸어. 아까 통화할 때도 여기 있었던 거니?"

"그땐 병원에서 막 나와 서구. 집에 가기 싫을 때 가끔 들리던 곳이 근처에 있어."

"그렇구나, 시간 괜찮으면 나랑 같이 바닷가 갈래?"

"정말? 함께 가도 돼?"

"당연하지. 얼마든지 환영이야. 나 오늘부터 완전 자유인이야."

"고마워."

송화는 동창을 만났는데도 뭔지 모를 불안한 기색을 보였다. 어쨌거나 송화의 합류로 작은 동창회 분위기가 감지되었다. 송화가 택시를 타자, 나리가 격하게 반가움의 표시를 했다.

"어서 와, 동창이 운전한 택시는 처음이지?"

"그래그래, 너무 반갑고 멋지다 얘."

"멋지긴, 뭐가 멋져. 밥은 먹고살아야 하니까."

"하여간 우리가 지금 택시에서 만나고 있단 사실이 믿기지 않아."

내가 거들자 나리가 말을 받았다.

"맞아, 나도 몇 년 동안 택시 운전하면서 동창을 손님으로 태운 적이 단 한 번도 없었거든."

"이건 운명 같은 거야. 뭔가 좋은 일이 생길 것만 같아. 이제야 좀 살 것 같아."

송화의 상기된 목소리에 나는 맞장구를 쳐주었다.

"맞아, 우리에게 어떤 행운이 따를 거 같아. 오늘이 내 생일이거든. 왠지 생일날은 마음먹은 대로 될 것 같은 감이 오지 않니?"

"좋아, 달래 생일파티도 하고 의기투합해서 멋진 시간을 갖자. 참고로 난 음악만 있으면 뭐든 할 수 있어."

송화의 목소리만 들어도 매우 고조되어있어 금방이라도 어떤 결과물이 나올 것 같았다. 어쩌면 호시탐탐 현실을 벗어날 기회만 엿보고 있었던 것은 아니었을까. 나는 자꾸만 송화의 말투가 신경이 쓰였다. 아니나 다를까 송화는 "내 형편에 음악은 무슨 음악이야." 하더니 금세 시무룩해져 창밖으로 시선을 돌려버렸다. 택시 안에 부자연스러운 침묵이 흘렀다.

거리를 걷고 있던 사람들은 두꺼운 패딩을 벗고 가벼운 코트 입성하고 그들만의 자유를 만끽하며 지나갔다. 발걸음이 가볍고 편안해 보였다. 한참 동안 창밖만 보고 있던 송화가 입을 열었다.

"요새 부쩍 죽고 싶을 만큼 우울했어. 왜 살아야 하는지 모르겠더라고. 오늘도 병원에 다녀오긴 했으나 나아지질 않은 거 같아."

나와 나리는 차마 무슨 병인가를 물을 수 없었다.

송화가 계속 말을 이었다.

"얘들아, 고마워. 결혼한 후 처음 만난 친구들한테 내 속병을 거리낌 없이 얘기할 수 있는 것만으로도 살 거 같아. 사실 하나밖에 없는 아들이 한참 사춘기로 예민할 때 남편의 외도를 발견한 거야. 도저히 그 얼굴을 마주 대하고 싶지 않더라. 그래서 일단 아들이 대학 갈 때까지 별거하자고 했어. 때때로 원망과 분노가 머리끝까지 차오를 때면 억울해서 잠을 잘 수가 없었어. 그런 날이 거의 매일 지속하였지. 그때부터 술을 먹기 시작했어. 절대 도움이 되지 않다는 걸 알면서도 술을 끊을 수 없었어. 난 지지리 복도 없는 년이야."

마음 깊은 곳에 숨겨 놓은 응어리를 용기를 내 꺼내준 송화가 고마우면서도 안쓰러웠다. 어떻게 안아주고 보듬어줄까. 어떻게 해야 그 아픔 그 상처에서 벗어날 수 있을까. 나도 송화도 막막했다. 택시 안의 공기가 탁했다. 생각할수록 지나온 삶이 불공평한 느낌이 들자, 내 안에서 주먹보다 단단한 무엇이 폭발할 것 같았다. 무슨 방법을 써서라도 분위기를 전환하고 싶은 그때였다. 눈치 빠른 나리가 룸미러를 보며 택시 기사답게 말했다.

"손님, 드디어 바다가 보이는 카페에 도착했습니다, 분위기만점입니다."

"어디? 빨간 등대가 보인 거 보니 맞네."

"기사님, 여기 카드. 후회하지 말고 넉넉히 긁어요."

"달래야, 나도 택시비 낼게."

"아니야, 오늘은 내가 다 쏠 테니 부담 갖지 말고 즐기기만
해."

오후 다섯 시를 막 넘기고 있었다. 바다가 보이는 카페에 들
어서자 오늘의 마지막 햇살이 블라인드 사이로 스며들었다. 운
이 좋은 날엔 카페에 앉아서 해넘이를 볼 수 있다는 창가 쪽으
로 자리를 잡았다. 나리와 송화는 따뜻한 카페라테, 조각 케이
크, 나는 샷을 추가하여 따뜻한 아메리카노를 주문했다. 잠시
후 종업원이 조각 케이크와 주문한 커피 석 잔을 가져왔다. 나
리와 송화가 작은 목소리로 나를 위한 생일 축하 노래를 불러주
었다. 예전의 화려함은 사라졌을지라도 어느 때보다 의미 있는
날이라서 만족스러웠다. 혼자 된 자유 시간을 기념하는 첫 번째
날이기도 했다.

노녀가 운영하는 카페는 손님이 많았다. 카페 한쪽 작은 방
에서 타로를 볼 수 있다는 상술이 적중했다. 우리는 커피를 마
시면서 동시에 같은 곳에 시선이 멈췄다. 보아하니 모두 타로를
보고 싶은 눈치였다. 내가 의견을 제안했다. 현재 거머리처럼
달라붙은 각자의 힘듦에 머물지 말고 뭔가 재미난 일을 찾아 같
이 해보면 어떨까 싶었다. 말하자면 각자의 시간을 합하여 누군

가에게 의미를 부여할 수 있는 그런 일, 일명 찾아가는 봉사단
을 만들고 싶었다. 나는 생각이 떠오른 김에 친구들에게 묻기로
했다. 나리에게 먼저 물었다.

"나리야, 혹시 색소폰 연주 가능하니?"

"연주하기엔 아직 아마추어야."

"그럼 할 수 있다는 거고, 송화는 뭐 잘하니?"

"난 피아노를 전공했잖아. 다른 악기도 금방 배울 수 있을 거
같긴 해."

"그럼 달래 넌 잘하는 게 뭐야?"

친구들의 생기 있는 분위기가 좋았다. 마지막으로 내가 할
수 있는 게 무엇인가. 놀이 강사 자격증이 있었다. 그동안 별로
사용할 기회가 없었는데 이참에 끼를 발산해야겠단 마음이 앞
섰다. 아무리 동창일지라도 의견 일치가 단번에 되지 않을 법한
데 우린 의외로 잘 맞았다. 나도 모르게 카페 한쪽 방에 있던 타
로를 통해 우리가 합심하여 선한 일을 할 수 있는지 확인해보고
싶은 마음이 불쑥 솟았다.

"우리 저거 한 번 해볼까?"

내가 말을 꺼내자 약속이나 한 것처럼 나리와 송화가 한목소
리로 대답했다.

"그러자. 나도 궁금했어."

우리는 자리에서 일어나 타로를 보는 방으로 갔다. 단발머리
파마가 잘 어울리는 타로 방주인이 손님을 기다리고 있었다. 세
명이 동시에 들어갔지만, 주인 앞에 앉은 나리부터 차례로 오라

는 신호를 보냈다. 한 사람씩 타로 카드를 뽑아 주인 앞에 놓았다. 주인의 눈에서 환한 빛이 뿜어 나왔다. 그의 입이 열렸다.

"세 사람은 무엇을 해도 이룰 수 있는 인연이니 뜻을 모으세요."

방을 나온 우리는 각자의 재능을 기부하는 조건으로 의견이 일치되었다.

카페를 나와 빨간 등대가 보이는 둑길을 따라 걷고 싶었으나 허기진 배를 채운 후 걷기로 했다. 제일 먼저 눈에 띄는 곳, 오이도 조개구이 전문점으로 들어갔다. 얼마나 배가 고팠던지 조개껍데기까지도 삼킬 지경이었다. 빨갛게 타오른 숯불 위에 구이용 철망을 올려놓았다. 잠시 후 모둠 조개가 등장하자 대화가 중단되고 모든 시선은 일제히 불판으로 향했다. 한 손에 면장갑을 끼우고 시차로 벌어진 조개에 물이 빠지기 전 눈치껏 먹기 시작했다. 적당히 짭조름한 물이 목구멍으로 들어갈 때의 짜릿함은 예술이었다. 서로를 챙겨줄 겨를도 없이 잽싸게 가져다 먹었다. 소주 한 잔씩만 마시기로 했는데 벌써 서너 병째였다. 우리의 짓궂은 수다 떨기는 영락없이 중학 시절 그 순수했던 심성을 소환한 것 같았다. 어쩌면 모두가 혼자인 거나 다름없는 삶이지만, 이젠 서로 힘이 되어 줄 어떤 확신 같은 게 느껴졌다. 어디 그뿐인가, 더는 외롭지 않을 거란 생각이 들자 덩실덩실 춤이라도 추고 싶었다. 시장기가 완전히 가시고 포만감에 빠져 있던 우리는 밖으로 나왔다. 얼굴이 발갛게 달아올라 쐬는 바람이 시원했다. 어둠이 깔린 둑길을 팔짱을 끼고 걸었다. 밤바람을 맞으며 끝이 보일 때까지 걸을 참이었다. 그런데 자꾸만 스텝이 꼬였다. 송화가 그대로 바닥에 꼬꾸라졌다. 창피한 줄도 모르고 큰 소리로 말했다.

"나, 너무 많이 마셨나 봐. 근데 기분 정말 좋다. 집도 남편도 아이들도 다 필요 없어. 너희들이 최고다."

나리도 혀가 꼬인 상태로 말을 받았다.

"나 결혼하지 않은 거, 처음으로 잘했다는 생각이 든다. 고맙다, 얘들아."

"결혼은 해도 후회, 안 해도 후회한다고 하더니. 몰라 난 아직 모르겠고. 이제부턴 오롯이 나의 행복을 위해 살 거야."

평소에 하고 싶었던 말을 내뱉고 나니 후련했다. 우리는 각자의 삶을 돌아보며 출렁이는 바다를 바라보았다. 어둠을 뚫고 바다의 말이 들려왔다.

'다 토하고 놓아버려.'

세 여자는 파도의 말에 위안받았다.

'그래, 다 토하고 놓아 버리고 갈게.'

밤바다 바람에 술기운도 서서히 가셨다.

얼마 후 우리가 기획하던 것들을 연습하기로 한 날이었다. 봉사단에 필요한 것들은 도움 없이 알아서 조달하기로 했다. 색소폰은 일찌감치 확보된 거나 다름없었고, 송화는 신시사이저를 구해서 연습하겠다고 했다. 나는 프로그램 진행하는 것을 맡았다. 재미난 게임을 준비하고 함께 부를 노래를 선곡하면서, 평소에 꿈꿔왔던 문학 정서를 곁들인 봉사활동이 곧 실행될 거 같아 자신감이 상승했다. 무엇보다 송화의 기분 상태가 안정적으로 돌아와 한 번도 연습 시간에 빠진 적이 없었다는 게 큰 수확이며 기쁨이었다. 생각해보면 우린 참으로 외로운 삶을 살았다. 행복한 자신을 발견하지 못한 것, 그것이 문제였다. 하지만 더는 자신에게 방관하지 않을 것이었다. 우연의 일치 속에서 보일 듯 말 듯 마음가짐이 단단해졌다. 공연을 앞두고 송화가 말문을 열었다.

"얘들아, 마지막 총연습은 실전처럼 해보는 건 어때?"

"그렇긴 한데, 마땅한 장소가 없잖아."

나를 빤히 쳐다보며 나리가 물었다.

"뭐야, 설마 우리 집?"

내가 웃으며 반문했다.

다들 공연이 다가오자 걱정되었던 모양이었다. 허름하긴 해도 전원주택이나 다름없는 우리 집이 그나마 안성맞춤이었다. 층간 소음 걱정을 안 해도 된다는 게 가장 큰 매력이었다. 마음이 앞섰다. 나리의 색소폰은 차에 있었고, 집으로 가는 길에 송화네 집에 들러 신시사이저를 가져왔다. 해넘이 직전에 있던 마지막 햇살이 집에 도착한 우릴 반겼다. 거실 한쪽에 가지고 온 짐을 옮겨 놓고 바닥에 둘러앉아 커피를 마신 후 시작하자고 했다. 나는 즐겨 마시던 케냐 더블 에이 커피와 어제 사 온 참외를 꺼내왔다. 나리와 송화는 아삭한 참외를 한 입 베어 물고 동네 환경이 쾌적하다며 연신 부러워했다. 나는 언제든지 아지트로 내어줄 생각이 있다는 말을 아끼지 않았다. 이제 슬슬 준비해 볼까? 거실이 무대라 생각하고 동선에 거슬리지 않게 신시사이저 위치를 잘 잡아야 했다. 그다음 나리의 포지션을 찾았다. 송화가 신시사이저 앞으로 의자를 바짝 당기고 앉아서 물었다.

"우선 트로트 한 곡 어때?"

"좋아, 신청 곡은?"

"태클을 걸지 마!"

"다음 곡은, 나는 행복한 사람!"

송화가 악보를 찾아서 반주하고 나리는 색소폰을 불었다. 나는 모형 마이크를 잡고 초대 가수인 양 따라 불렀다. 간드러지게 불러야 하는 곳에서 목소리가 이탈하는 바람에 한바탕 웃음보가 터지고 말았다. 노래는 사람의 마음을 울리고 웃기는 마력 덩어리였다. 하지만 노래를 따라 부를 땐 마음 먹은 대로 쉽게 되진 않았다. 희한하게 아까 틀렸던 부분만 나오면 유독 긴장된 티가 역력히 드러났다. 벌써 다섯 번째 그 부분을 넘어가지 못했다. 그런데도 우리의 얼굴엔 빛이 났다. 마치 행복이란 생각보다 멀리 있는 게 아니었다는 걸 깨닫기라도 한 것처럼. 만만 찮았지만 절대 포기할 수 없었다.

배가 고팠다. 목의 긴장도 풀 겸 저녁을 먹고 하는 게 나을 거 같았다. 가까운 마트에서 필요한 재료를 사고 포도주도 한 병 샀다. 전업주부였던 송화의 실력을 발휘할 좋은 기회였다. 나는 전적으로 도우미였다.

"달래야, 물 빠진 채소는 종류별로 잘 썰어서 둥근 접시 위에 가지런히 올려놔."

송화는 주부다웠다. 이것저것 간섭할 때면 영락없이 언니 같았다.

"불고기 담을 그릇 좀 줄래?"

"알았어, 가져올게."

나는 송화를 도왔다. 아예 포도주잔도 꺼내왔다. 소박하지만 근사하게 차려진 식탁에 둘러앉았다. 불고기와 월남쌈, 그리고 포도주 한 잔을 곁들이니 최고의 만찬이었다. 밤이 더 깊어지기 전 한 번 더 연습해야 하는데 몸이 리듬을 탔고 노래는 구성졌다. 분위기에 취한 탓도 있으려니 싶었다. 밤새 춤을 춘대도 지치지 않을 거 같았다. 그동안 넘쳐나는 흥을 표출할 기회가 없었던지, 아니면 저 깊은 어느 곳에 감추고 살았던지, 어쨌든 이제야 물 만난 고기처럼 파닥거리며 거실을 누비고 다녔다. 십년 묵은 체중까지 내려간 듯, 한결 가벼워진 몸짓으로 힘찬 비상을 보는 듯했다.

이번 공연은 어느 문학회 회장님의 소개로 초청을 받은 터라 더욱 긴장되었다. 실내에서 하는 첫 번째 공연이었다. 목적지가 가까워지자 나리가 약간 걱정스러운 듯 말했다.

"문학회 모임이라는데 우리가 준비한 거는 트로트 곡뿐이잖아. 괜찮을까?"

"그러게. 뭔가 고상한 클래식 연주만 기대할 거 같은데."

"그렇다고 한들, 인제 와서 어쩌겠어. 이참에 용기 있게 보여 주자. 기죽지 말자"

별거 아니라는 말, 한마디씩 하고 나니 긴장된 마음이 풀어 졌다. 공연 장소로 이동하는데 갈증이 났다. 목을 축이면서 '노 란 선글라스'의 공연 순서를 확인했다. 마디마디에 미세한 전율 이 흘렀다. 아마추어 연주단인데도 마지막 순서에 배정되었다. 사회자가 말했다.

"이번 순서는 오늘의 클라이맥스 '노란 선글라스'의 공연이 있겠습니다."

우린 노란 원피스를 맞춰 입고 노란 선글라스를 쓴 채 무대 위에 올랐다. 나는 회원들이 기대하는 눈빛을 보았다. 너무나 강렬한 눈빛들이었다.

그들의 지적인 시선을 피하며 신시사이저와 색소폰의 적당 한 거리를 확인한 후 마이크를 잡았다. 나의 무대 인사가 끝나 고 곧바로 이어지는 색소폰 연주를 감상한 듯싶더니, 한 명 두 명 자리에서 일어나 무대를 중심으로 모여들었다. 본능적 행동 을 통제할 생각이 없었던 그들에겐 체면 따윈 없었다. 그들은 한목소리로 '누구도 내 인생에 태클을 걸지 말라'는 메시지를 어 두운 밤하늘을 향해 힘차게 외쳐댔다. 그러자 순간 나리의 색소폰 연주의 리듬이 바뀌었다. 나는 리듬에 맞춰 멘트를 넣었다.

13인의 아해가 도로로 질주하오.

(길은 막다른 골목이 적당하오)

(길은 뚫린 골목이라도 적당하오)

13인의 아해가 도로로 질주하지 아니하여도 좋소.

갑자기 공연장이 조용해졌다. 나는 멘트를 이었다.

13인의 노란 아해 인생에 태클을 걸수록 좋소.

13인의 노란 아해 인생에 태클을 걸지 않을수록 좋소.

이상의 〈오감도〉 시 제1호를 패러디한 내 2행시는 색소폰 연주의 주술적인 음향과 함께 노래 후렴처럼 회원들 마음 깊이 울려 퍼졌다.

그 신비로움

그 신비로움

뒷문이 열렸다. 회원들이 동시에 바라봤다. 아담한 키에 준수한 외모를 가진 남자는 회원들의 시선을 사로잡았다. 나는 그다지 관심이 없었다. 남자는 주변을 탐색하더니 내 옆으로 와서 앉았다. 얼핏 스치는 냄새가 낯설지 않았다. 잊고 싶은 냄새였다. 인사를 하는 둥 마는 둥 나는 건성으로 눈인사했다. 설마 강남욱은 아니겠지. 재수 없게 닮았네. 아무렴 강남욱은 클라이밍 동호회와는 거리가 멀지. 나는 집 근처 클라이밍 센터에서 암벽타기를 한 후 자신감이 생겼다. 바닥을 치던 자존감은 하늘로 오르는 중이었다. 잡생각이 많아지고 스트레스가 쌓일 때 주로 암벽타기를 했다. 홀드를 잡는 순간 잡생각에서 멀어지고 오롯이 홀드에만 집중하게 된다. 완등하기 위해 눈앞에 홀드 하나하나에 신경을 써서 선택해야 하기 때문이다. 때론 실패하기도 한다. 실패해도 좌절하지 않고 다시 도전하고 싶은 욕구만 불타오

른다. 좋다. 완등의 성취감. 나는 난생처음 성취감의 짜릿함을
경험했다.

9월 모의고사가 끝났다. 시험을 망쳤다. 나는 집에 들어가기
싫어 남욱이한테 전화했다.

—나야. 뭐해?

—방금 막 집에 들어왔어.

—나올래?

—지금?

—응. 나 너무 우울해.

—무슨 일 있어?

—몰라. 그냥 기분이 별로야. 확 죽어버릴까.

—조금만 기다려. 갈게.

전화를 끊고 남욱이가 올 때까지 좀 걸었다. 택시를 탄 모양
이었다. 남욱이가 전화했다.

—나 도착. 지금 어디야?

—집 근처에 있는 놀이터야.

—알았어. 거기로 갈게.

내가 대답할 시간도 없이 남욱이가 뛰어왔다. 얼굴을 보는
것만으로 한시름 마음이 놓였다. 손을 잡고 동네 한 바퀴 돌았
다. 내가 물었다.

—넌 슬럼프 같은 거 없니?

—왜 없겠니?

―난 이번 시험을 망쳐서 자신감이 확 떨어졌어. 대학에 못 갈 수도 있을 거 같아.

―서초란, 너 엄살 아냐?

―우리 건축학부 같이 가기로 한 거, 난 자신이 없어.

―수능 보려면 시간이 남았는데 벌써 포기하는 거야? 설마.

―사실 우리 아빠는 도배사야. 언젠가부터 건축학을 전공해서 아빠랑 같이 일하고 싶었거든. 그런데 성적이 마음에 안 들어. 나 좀 위로해줘.

―알겠어. 너희 집에 잠깐 들어가도 될까?

―우리 집? 아빠가 지방 출장 중이긴 한데. 집에 친구가 오는 게 처음이라.

―뭐 어때. 너희 집에서 라면 먹고 가면 되겠다. 내가 모차렐라 치즈 라면 끓여 줄게.

―널 믿어도 될까?

―근데 뭘 믿지 못하겠다는 거야. 너도 인정하는 모범생이잖아, 나는.

―아니, 이를테면 라면을 핑계로 집에서 뽀뽀한다든가, 뒤에서 포옹한다든가 뭐 이런 것들이지.

―에이 난 또 뭐라고. 걱정하지 마.

―배고프다. 빨리 들어가자.

나는 집에 들어가자마자 냄비에 물을 붓고 가스 불을 켰다. 서로 눈빛을 마주치지 않으려고 부러 데면데면했다. 좁은 거실을 서성이던 남욱이의 귀가 빨개지더니 냄비에 끓고 있던 물까지 삼킬 태세였다. 라면을 먹는 둥 마는 둥 심장이 벌렁벌렁. 결국 사건이 터지고 말았다.

다음 날 아침, 병원에서 연락이 왔다. 아빠가 작업 현장에서 끝마무리하던 중 사다리가 넘어져 허리를 다쳤다고 했다. 아빠는 도배 팀장이었지만, 당분간은 병원 신세를 질 수밖에 없었다. 원래 앓고 있던 허리 디스크가 심하게 손상돼 회복 기간을 예측할 수 없다고 했다. 며칠 후 병원 생활이 답답하다면서 퇴원을 고집한 아빠는 집에서 종일 누워만 있었다. 엄마의 부재가 아쉬웠다. 나는 예전과 다르게 짜증이 심했다. 이유를 알 수 없었다. 컨디션이 좋지 않아 공부는 더더욱 하기 싫었다. 상위권이었던 성적은 미끄럼틀을 탔다. 슬럼프가 오래돼 많이 지쳤다. 하필이면 그때 몸 상태도 좋지 않았다. 그러고 보니 한 번도 거른 적 없었는데 지난달엔 생리하지 않았다. 뭔가 불안하여 임신 테스트기를 해보았다. 맙소사, 희미한 두 줄이 보였다. 말도 안 돼. 임신이라니. 나는 무섭고 겁이 나 떨리는 목소리로 남욱이한테 말했다.

―나 어떡해, 임신한 거 같아.

―뭐? 임신? 난 몰라. 절대 안 돼 당장 지워.

―뭐라고? 지우라고? 그렇게 무책임하게 단칼에 자른 이유가 뭐야.

―솔직히 교사 부부인 부모님께 말할 자신이 없어. 충격받으실까 봐 두렵기도 하고.

—그럼 우리 아빠 괜찮을 거 같아?

—몰라, 모르겠어.

—개새끼.

남욱이는 수능까지 집중해야 하니까 더 연락하지 말라는 말과 함께 사라졌다. 나는 머리가 깨질 듯이 아파 잠을 잘 수가 없었다. 친한 친구한테 고민을 털어놓을까 했지만, 용기를 내 담임 선생님께 상담을 요청했다.

—선생님, 저 죽고 싶어요.

—갑자기 그게 무슨 말이니.

—저는 쓰레기예요.

나는 책상에 엎어져 고개를 들지 못했다. 이대로 땅으로 꺼져버리고 싶었다. 밀려오는 죄책감과 부끄러움과 실망하는 선생님의 눈빛을 마주할 수가 없었다. 선생님은 내가 일어날 때까지 등을 어루만지며 기다렸다. 그러곤 다시 물었다.

—서초란, 겁먹지 말고 무슨 일이 있었는지 차근차근 얘기해봐.

—그게요, 아니 쪽팔려서 말 못 하겠어요. 죄송해요.

—혹시 임신이라도 한 거니?

—네.

기어들어 간 목소리로 대답했다. 선생님은 한숨을 쉬더니 말이 없었다. 실망한 게 분명했다. 나는 고개를 처박았다. 이번엔 완벽한 죄인의 태도였다. 죽어도 마땅했다. 지금까지 잘 해 왔던 모든 것이 한순간에 물거품 된 듯했다. 침묵을 깬 선생님은 뭔가의 대안을 얘기할 것처럼, 다독이며 말을 이었다.

—그래도 수능은 봐야지. 졸업도 해야 하고.

—저도 그러고 싶지만, 모든 게 자신이 없어요. 친구들한테 떳떳하지 못하고. 더군다나 엄마 없이 자라니까 저 모양이란 말 진짜 듣기 싫거든요. 그래서 더 열심히 공부했는데 다 무너진 것 같아요. 그냥 아무도 모르게 확 죽어버리면 깨끗하게 끝나지 않을까요?

—그래 그 심정 이해한다. 하지만 너에게로 온 또 하나의 생명은 죄가 없잖니.

—선생님, 저 이제 어떻게 하면 좋을까요? 아이는 지우고 싶지 않지만, 그렇다고 잘 키울 자신도 없거든요.

—걱정하지 마. 내가 도와줄게.

—친구들한테 말하지 않길 정말 잘 한 거 같아요. 감사합니다, 선생님.

—참, 너희 아빠도 알고 있니?

—아니요.

나는 선생님과 상담하면서 불안했던 마음이 조금 안정되었다.

아빠는 도배일을 하지 못했다. 어쩌면 영영 하지 못할 수도 있다고 했다. 수능이 끝나고 졸업도 했지만, 대학은 포기했다. 임시직이지만 건축 설계사무소에 취업이 되었다. 집으로 돌아오는 길에 아빠가 좋아하는 붕어빵을 샀다. 아빠의 살림 솜씨는 주부 못지않았다. 다치기 전에는 웬만한 음식은 직접 요리해서 먹을 만큼 즐거워했다. 그런데 지금은 간신히 끼니를 때울 정도의 활동만 가능했다. 나는 아빠한테 차마 하지 못했던 이야기를 용기를 내 털어놓을 참이었다. 붕어빵이 다 사라지기 전에 아빠 곁으로 다가가 쥐구멍에라도 들어갈 심정으로 말했다.

—아빠, 저 할 얘기가 있어요.

—뭔데 말해봐라.

—저, 임신했어요.

—뭐? 뭐라고? 임신?

—죄송해요.

—얘가 무슨 정신 나간 소릴 하는 거냐, 지금.

—죄송해요, 아빠.

—어떤 놈이야. 당장 내 눈앞에 데려와라. 당장.

아빠는 먹고 있던 붕어빵을 던져버렸다. 화가 난 목소리가 쉽게 진정되지 않았다. 나는 마음을 졸이며 평온해지길 기다렸다. 평온해지기는커녕 아빠의 어깨가 한참 동안 서럽게 들썩거렸다. 믿었던 자식에 대한 배신감과 자식을 망친 놈에 대한 분노가 뒤범벅이 된 말투로 쏟아부었다.

—엄마 없이 자란 티 내지 않길 얼마나 빌고 빌었는데 결국 이 모양이라니. 꼴 좋구나.

—그 친구가 아무리 모범생이었더라도 조금만 더 조심할걸, 조금만 더 경계할 걸 너무 믿었나 봐요. 그때 제가 미쳤던 것 같아요. 제정신이 아니었던 거죠. 죄송해요, 아빠.

—작업 현장 일이 아무리 힘들어도 공부 잘한 딸이 있다는 것만으로 힘이 났는데, 이젠 창피해서 못 살겠다. 동네 부끄러워서 집 밖에도 못 나가겠고. 엄마가 없으니 막살았다는 증거라도 보일 참이었냐. 나 원 참. 내 딸이, 누구보다 자랑스러웠던 내 딸이, 그런 끔찍한 일을 당했다니 믿을 수가 없구나. 집을 나가든지 차라리 같이 죽자.

—알겠어, 알겠다고. 죽어버리면 될 거 아냐. 아빠는 딸이 받았을 상처나 아픔 따윈 안중에도 없고 오로지 아빠의 구겨진 체면만 생각한 거잖아. 그거 알아? 나도 평범한 가정에서 살았다면 덜 외로웠을 거라는 거. 아빠는 나의 감정 상태가 어땠는지 한 번이라도 관심 가진 적 있긴 해? 아빠가 그토록 자랑스러워하던 공부 잘한 딸이 시험을 망친 날, 너무 우울해서 그냥 죽고 싶었다고. 왜냐면 아빠한테 실망을 주기 싫었거든. 근데 위로가 필요했던 그날의 실수로 이렇게 쓰레기가 될 줄은 나도 미처 생각하지 못했어. 아빠가 원하는 대로 조용히 사라져줄게. 다신 아빠한테 연락할 일, 없을 거야. 나 같은 부끄러운 존재는 쓰레기통에 확 쳐놓고 편히 사세요.

—뭘 잘했다고 꼬박꼬박 말대꾸냐, 지금.

—그러니까 나간다고 했잖아.

나는 화가 치밀어 더는 대화를 이어갈 수가 없을 것 같았다. 방으로 들어가 간단한 옷가지를 챙겼다. 아빠는 가슴을 치며 연거푸 한숨만 내쉬었다.

큰소리치며 집을 나왔지만, 갈 데가 없었다. 경제적인 독립도 해야 하고 무엇보다 아이와의 안정된 생활 공간이 필요했다. 생각할수록 암담했다. 하루, 또 하루가 지나자 어쩔 수 없이 담임 선생님께 문자를 보냈다. '선생님, 배고파요.' '어디니?' 바로 답이 왔다. 이어 선생님은 지금 당장 서울숲에서 만나자고 했다. 선생님과 함께 서울숲을 걷는다는 게 조금 불편한데도 도움을 청할 수밖에 없었다. 졸업했는데도 선생님은 반갑게 물었다.

—그동안 어떻게 지냈니?

—그럭저럭 지내고 있어요. 비록 임시직이지만, 직장도 구했고요.

—다행이구나. 요즘 취업하기 힘들다던데.

—운이 좋은 거 같아요.

—그래, 그렇다 치자. 근데 이 가방은 뭐니? 혹시 집 나온 거니?

—네. 아빠랑 싸웠어요.

—저런.

—집을 나가래요. 근데 갈 데가 없어요.

나는 서러움이 폭발할 것 같아 한동안 먼 산을 바라봤다. 선생님은 내 어깨를 쓰다듬으며 따뜻한 목소리로 말을 이었다.

—그랬구나. 일단 우리 집으로 들어와. 알다시피 우린 불임이라 아이가 없잖니. 빈방이 하나 있는데 네가 들어오면 내가 아이를 돌봐줄 수 있을 것 같아. 잘 생각해보렴.

—그래도 괜찮을까요? 근데 방세 낼 돈이 없는데요.

—네가 독립할 때까지 모든 것 공짜로 살아도 돼. 남편한테는 내가 잘 얘기할 거니까 편하게 지내.

—선생님, 다음에 돈 많이 벌면 꼭 갚을게요.

—그럼 좋고. 나는 아이를 낳아보지 않아서 잘 모르겠다만, 같이 경험해보자꾸나.

—알겠어요, 선생님. 꼭 엄마 같아요. 엄마가 있었으면 이런 느낌이었을 것 같아요. 자궁 안의 아늑하고 포근함 같은 거요.

—그렇구나. 자궁의 아늑함을 느낄 수 있다는 것 자체가 신비롭구나.

—예쁘게 표현해주셔서 감사합니다.

—한 생명의 탄생은 참으로 소중하고 특별한 것 같아. 귀한 거지. 아무나 가질 수 없는 행복 덩어리일 수 있잖아. 너에게 온 행복 덩어리를 함부로 대하지 않았으면 좋겠어. 형편이 되지 않는다고 해서 막 버려지는 거, 생각만 해도 가슴이 아프다.

—네. 그럴게요.

—고맙다. 나의 제안을 받아줘서.

—제가 더 감사해요, 선생님.

—참, 배고프댔지? 산모가 잘 먹어야 아이가 건강할 텐데. 우리 맛있는 거 먹으러 가자.

—와 정말 좋아요.

선생님과 함께 서울숲 근처에 있는 맛집에서 초밥을 먹었다.

성수동에서 나의 직장까지는 그리 멀지 않았다. 지하철 타고 다닐 만했다. 사무실에서 어깨너머로 오토캐드를 배웠다. 대학은 못 갔어도 전자캐드 기능사 자격증은 반드시 취득해야겠다고 마음먹었다. 배가 조금씩 불러오자 신기하기도 하고 두렵기도 하고 뭔지 모르게 불편하고 어색했다. 그렇더라도 변화된 나의 몸에 적응하려고 애를 썼다. 좋은 엄마가 된다는 게 어떤 것인지 잘 모르겠지만, 최대한 긍정적으로 생각하기로 했다. 되도록 원망하거나 불평하지 않고 아이가 만나게 될 세상엔 참으로 괜찮은 사람, 좋은 사람이 많다는 걸 느끼게 해주고 싶었다. 잠들기 전 배 속 아이한테 세상의 좋은 소식들을 소곤소곤 들려주었다. 그런 날엔 아이도 나도 편안하게 잠이 들었다. 주말이라 늦잠을 더 자고 싶었는데, 선생님이 깨웠다.

—초란아, 일어났니?

—아뇨. 이제 일어나려고요.

—어서 나와 아침 먹자. 배 속 아이가 말을 못 한다고 해서 끼니를 대충 건너뛰면 안 돼. 아이가 불쌍하잖아.

—알겠어요. 샘.

가끔 주말에는 선생님 가족과 아침을 먹었다. 밥상에서의 대화 내용은 다양했다. 선생님을 만나기 전에는 한 번도 경험해보지 못한 것들이었다. 선생님은 디저트 사과를 먹으며 말했다.

—초란아, 우리 속초 갈까?

—뜬금없이 속초엔 왜요?

—왜긴. 청초호를 바라보면서 청초수물회가 먹고 싶어서지.

—혹시 막 당기는 음식이 있나요?

—응. 해삼과 전복을 시원하게 말아먹는 해전 물회와 성게알

비빔밥을 먹고 싶어.

　—그럼 돌아오는 길에 제가 좋아하는 만석닭강정도 사주시
나요?

　—물론이지.

　—당신도 가고 싶다면 끼워줄게.

　—나는 오후에 약속이 있어서 못 갑니다.

　—그래요. 초란이랑 둘이 가고 싶었는데 잘됐네.

　—초란아, 따로 준비할 거 없지?

　—네. 얼른 옷 갈아입고 나올게요.

　—그래.

　선생님은 일찌감치 나와 운전석에서 기다렸다. 나는 조수석
에 앉았다. 내가 안전띠를 매자마자 브레이크에서 발을 떼고 액
셀러레이터를 밟았다. 드디어 출발이다.

　선생님은 애들처럼 방학을 기다리며 산다고 했다. 직장 생활
하면서 고갈되었던 체력을 충전할 수 있는 황금 같은 시간이라
고 했다. 나름의 방법으로 스트레스를 풀어야만, 다음 학기에
어떤 아이를 만나도 감당할 수 있다는 선생님의 말씀이 가슴에
대못처럼 박혔다. 괜스레 죄인 코스프레 분위기로 전환된 기분
이었다. 눈치 빠른 선생님이 농담처럼 말했다.

　—나는 초란이 덕분에 엄마가 된 거 같아.

　—에고 저는 그저 죄송할 뿐, 할 말이 없네요.

　—고등학교 졸업도 했으니 창피하거나 기죽을 필요 없다는
거, 알지?

―아, 깜짝이야. 알겠다면서 아이가 발로 막 차는 거 같아요.

―그게 태동이란 거구나.

―그런가 봐요.

창밖으로 나간 우리의 시선은 오래도록 돌아오지 않았다. 가진 자와 갖지 못한 자의 부러움이 섞인 부자연스러운 침묵이랄까. 주말인데도 도로는 한산했다. 와, 바다다. 침묵을 깬 건 나였다. 세상의 어떤 고민이라도 다 들어줄 것처럼, 한결같은 여유로움의 깊고 푸른 바다였다. 해안도로의 풍광은 그 어떤 미술작품보다도 멋스러웠다. 침묵에서 깨어난 선생님도 좀 더 가까운 곳에서 풍광을 누리고 싶다고 했다. 차선을 바꾸려고 오른쪽 방향지시등을 켜고 진입하는데 달려오는 차가 가까스로 멈출 듯하더니 쿵, 사고가 났다. 제기랄. 선생님이 다급하게 물었다.

―초란아, 괜찮니?

―배가 엄청나게 단단해졌어요.

―어떡하지? 아이가 놀랐나 보다.

―이젠 배도 아픈 거 같아요.

―빨리 구급차를 불러야겠나.

―선생님, 배가 터질 거 같아요.

얼마나 무서웠던지 팽창해진 배를 붙잡고 자리에서 일어서질 못했다. 구역질이 날 것처럼 머리도 아팠다. 구급차를 타고 병원으로 갔다. 선생님과 나는 병원에 도착하여 여러 가지 기본적인 검사를 받았다. 그러곤 아이가 안전한지 산부인과 진료실로 들어갔다. 아이가 많이 놀라서 경직된 것처럼 느낄 수 있는데 산모가 안정을 찾으면 괜찮아질 것이라 했다. 휴, 천만다행이었다. 시간이 좀 지난 후 거짓말처럼 아이가 건강하다는 신호를 보냈다. 신기할 뿐이었다. 선생님과 나는 유산이 되었을까 봐 십년감수했다.

운이 좋았다. 우린 청초호 뷰가 보인 자리에 앉았다. 바다에 비친 햇살이 눈에 부셨다. 선생님은 청초수물회를 좋아해서 여행 삼아 가끔 들린다고 했다. 그때마다 청초호 뷰는 만석이라 제대로 보지 못했다고 했다. 시중드는 로봇이 귀엽기도 하면서 신기했다. 로봇의 행동을 가만히 지켜보니 제법 똘똘해 보였다. 드디어 해전 물회와 성게알 비빔밥이 차려졌다. 음식을 본 선생님의 표정이 어린아이와 같이 해맑았다. 선생님은 젓가락을 들며 말했다.

—와, 맛있겠다. 어서 먹자.

—네. 잘 먹겠습니다.

—바다향에 잠긴 듯한 바로 이 맛, 짭조름하면서 약간 새콤한 맛이 좋아. 왠지 푸른 바다와 하나가 된 기분이 들기도 하고.

—저도 나쁘진 않아요.

—어, 근데 오늘따라 맛이 왜 이러지?

—왜요? 저는 괜찮은데요.

—재료가 신선하지 못하나? 이상한 기름 냄새가 나는 거 같아.

—기름 냄새라면 어떤 기름 냄새요?

—배에서 나는 그런 멀미 나는 냄새.

―전혀 안 나는데요.

웩. 선생님은 화장실로 달려갔다. 뭔가 맥이 풀린 듯했다.

―초란아, 나 신경 쓰지 말고 많이 먹어.

―그래도 그렇죠, 저 혼자 어떻게 이걸 다?

나는 도저히 못 먹겠다며 손사래를 쳤다. 잠시 후 민망할 정
도로 깨끗하게 비워진 그릇들. 나는 갈수록 잘 먹었다. 더군다
나 약간의 편식이 있었는데도 언제 그랬냐는 듯이 전혀 가리지
않았다. 나의 의사와 상관없이 자꾸만 먹고 싶은 충동이 일었
다.

때때로 직장에서 눈치가 보였는데도 식욕을 절제할 수가 없
었다. 나도 임신은 처음이라 당황스러웠다. 다들 이해할 수 없
다는 분위기였다. 그렇더라도 나는 무시하기로 했다. 자격증 시
험이 얼마 남지 않았다. 주변의 따가운 시선 따윈 아랑곳하지
않았다. 별거 아닌 듯 견뎌야 아이도 사랑받는 존재가 될 거라
는 확신 때문이었다. 내가 좀 더 씩씩해져야겠다고 마음먹었다.

합격점을 간신히 넘겼다. 예전처럼 시험을 볼 때 떨리거나
불안하지 않았다. 어떤 위기 상황과 맞닥뜨릴 때면 아이가 발로
톡 차며 응원했다. 가만히 있을 때도 인기척을 보내며 겉옷이
꿈틀거리는 게 낯설었지만, 점차 적응되어 갔다. 엄마가 된다는
건. 자궁 안에 있던 한 생명이 바깥세상과 마주할 최소한의 준
비는 해주어야 할 책임이 있다는 게 아닐까 싶었다. 그런데 엄
마는 무책임했다. 핏덩이인 나를 버렸다. 나도 선택이란 걸 할

수 있었다면 어땠을까. 조건을 확인한 후 내가 엄마를 선택할 것인가, 버릴 것인가. 분명 아이들도 하나의 인격체로 존중받고 싶을 텐데, 서로의 의사전달이 제대로 되지 않아 문제가 생기면, 이유 여하를 불문하고 강제적 피해자가 될 수밖에 없었다는 게 안타까웠다. 힘이 없다는 이유만으로 아이들이 왜 피해자가 되어야 할까. 버려진 아이가 사랑을 구걸하는 촉촉한 눈동자를 보았는가. 아이들의 몸과 마음이 만신창이가 되어도 차갑게 외면하는 전직 사랑꾼들의 변명 따윈 더는 듣고 싶지 않았다. 구름 한 점 없는 맑고 시린 하늘에서 곧 봄이 올 것만 같았다.

선생님은 며칠째 속이 메스껍다고 했다. 소화도 안 되고, 잘 먹지 못해서인지 체중 감소가 심해 마음이 울적하다고 했다. 개학하기 전 종합검진을 하는 게 마음이 편할 거 같다면서 집 근처 병원에 예약했다. 병원에 가던 날, 나도 동행했다. 의사 선생님은 인자한 미소를 지으며 선생님을 기다렸다는 듯이 편안하게 말했다.

—어서 와요. 어디가 불편하세요?

—네. 얼마 전부터 속이 좀 안 좋아서요.

—검사 결과 별다른 이상은 없는 거 같고, 임신인 거는 알고 있었죠?

—네? 뭐라고요?

선생님이 놀라서 다시 물었다.

—임신이요?

—맞습니다.

—그럴 리 없을 텐데요. 나이도 좀 많고 더군다나 불임이었는데…….

—아주 가끔 불임도 자연 임신이 되기도 합니다.

—믿기지 않아요, 의사 선생님.

—몰랐다면 진심으로 축하드립니다.

—감사합니다, 선생님.

진료실 밖으로 나온 선생님은 무척 고무된 표정이었다. 마치 복권에 당첨이라도 된 듯 몸에서 흘러나온 기운을 주체할 수 없는 듯했다. 흥분된 마음이 진정된 후 그제야 나를 불렀다.

—초란아, 나 임신이래.

—어머나 정말요?

—그래. 나도 믿기지 않아. 근데 사실이래.

—와, 선생님 완전 대박 축하드려요.

—초란아, 고맙다.

—네? 제가 뭘 했는지 모르겠는데요.

—아무래도 네가 우리 집으로 들어올 때 복덩어리를 갖고 왔나 보다. 왠지 그런 거 같아.

—설마요. 그건 다 선생님의 자비로운 마음 때문이었을 거예요.

—초란 선배, 잘 부탁해.

—아이참, 선생님도. 그렇다면 또 제가.

—암튼 나는 초란이가 있어 오히려 더 좋은 거 같아. 진심이

야.

　—감사해요, 샘.

　선생님과 나에게 새로운 공감대가 생겼다. 이건 하늘이 주신
축복임에 틀림이 없었다.

　나의 출산일이 다가오자 선생님은 아예 퇴직을 선택했다. 태
어날 아이들에게 집중하고 싶다는 이유였다. 선생님과 함께 출
산용품을 사러 다녔다. 우린 거리를 걸을 땐 주로 팔짱을 끼었
다. 가게에서 만난 사람마다 친구 같은 모녀라고 부러워했다.
그러다 내가 선생님의 호칭을 부르면 다들 놀란 눈치였다. 어
머, 선생님과 어떻게 저렇게 친할 수가 있지? 살다 보니 별일이,
다 있네. 그럼, 학생이 임신한 거야? 세상에. 그들의 눈빛만 보
아도 짐작이 될만한 가십거리였다. 고등학교를 졸업했으니 이
젠 학생 신분이 아니라는 구차한 변명을 해야 할까 싶었다. 선
생님도 전혀 개의치 않았다. 그들의 눈빛 따윈.

　예정일이 일주일 정도 남은 수요일 아침, 침대에서 막 일어
나려는데 진통 없이 양수가 터졌다. 당황스러웠다. 나는 다니던
산부인과에 급하게 전화했다. 간호사는 별일 아니라는 듯 차분
하게 말해주었다.

　—많이 놀랐죠? 지금 상태는 어때요?

　—아까보다 조금 덜한 거 같긴 해요.

　—많이 움직이지 말고 간단한 출산 준비 용품 챙겨서 병원으
로 바로 오세요.

―네. 알겠습니다.

9시쯤 선생님과 함께 짐을 챙겨 병원으로 갔다. 분만실에서 원장님이 내진했다. 아이가 세상에 나오기가 두려운가 봐요. 진통이 시작되면서 자궁문이 열려야 하거든요. 그런데 아직 나올 준비가 안 되었으니 좀 더 기다려봅시다. 원장님이 나가자, 선생님이 내 손을 꼭 잡아주었다. 초란아, 힘내자. 선생님 나가지 마요, 무서워요.

대략 오후 3시 30분쯤 원장님이 다급하게 말했다. 서초란 님, 유도 분만을 진행해도 양수가 없어 자연 분만은 아이가 위험할 수 있으니 제왕절개를 해야 할 것 같아요. 알겠어요, 그렇게 할 게요. 얼마 후 4.2킬로그램의 아들이 내 품에 안겨졌다. 믿기지 않았다. 이 아이를 어떻게 키울 것인가. 나는 눈물이 나며 겁이 났다. 한쪽 눈을 찡그린 채 앙증맞은 두 손은 주먹을 꼭 쥐고 있었다. 손가락을 건드렸더니 신비로운 냄새가 났다. 내 냄새 같기도 하고 잊고 싶었던 배신의 냄새 같기도 했다.

몇 년 후 오랜만에 클라이밍 센터에서 몸을 풀었다. 그런데 어딘가에서 얼핏 스쳤던 역겨운 냄새가 나는 듯했다. 긴가민가 했던 냄새는 강남욱이었다. 나를 보더니 잠깐 얘기 좀 하자고 했다.

―초란아, 진짜 미안해. 날 용서할 수 없겠지만…….

―됐으니까 꺼져.

나는 끈적거린 냄새가 싫었다. 언젠가부터 성장하는 아이한테서도 비슷한 냄새가 나는 거 같아 옷을 자주 갈아입혔다. 몇 번을 갈아입혀도 내 몸이 기억하는 냄새는 사라지지 않았다. 나도 모르게 고개를 흔들었다. 아니야, 나는 절대로 보고 싶지 않아. 용서할 수 없어.

다음 날 설계사무소에 출근했는데 책상에 던져진 도면이 눈에 띄었다. 도면 앞표지 하단에 건축사 강남욱. 나는 만감이 교차했다.

리셋

리셋

가을이 오면 유독 칼국수가 생각났다. 해마다 반복되는 공허한 마음을 채울 수 있는 유일한 방법이라 생각했다. 여행 일정을 마치고 귀국한 나는 랑 칼국수 식당에 갔다.

"어머니, 저 왔어요. 별일 없으셨죠?"

나는 밝은 톤으로 인사를 했다.

"어머나 어서 와라. 언제 들어왔니?"

"며칠 전에요."

나는 식당 안과 밖을 두리번거리며 창가에 앉았다.

"오늘은 팥 칼국수 먹을래요."

주문하고 잠시 눈을 감았다. 누군가 문을 열고 들어오면서 말했다.

"엄마, 바빠? 손님이 왔다고 나한테 말을 하지 그랬어."

귀에 익은 중저음 목소리가 들려 번쩍 눈을 떴다. 초남 씨였다.

"초남 씨, 나야."

"으응."

반가움은커녕 초남 씨의 눈빛은 데면데면했다. 순간 나의 머쓱한 미소를 부숴버리고 싶었다. 그러려니 아니 당연히 그럴 수 있다는 것을 모르진 않았다. 하루에도 수없이 많은 감정 변화가 원하든 원치 않든 초남 씨의 삶을 조정하고 있다는 걸 알면서도 받아들이기 힘들었다.

초남 씨에겐 사람을 끌어당기는 힘, 보이지 않는 어떤 에너지가 있었다. 내심 부러웠다. 우연인지 필연인지 대학까지 같이 다니게 될 줄 몰랐다. 자상하고 배려심 깊은 초남 씨의 인기는 대학 동아리에서도 독보적이었다. 적어도 내가 알기로는. 외국어동아리 모임이 있던 날, 회장이 개인적인 일로 불참이라 모든 순서는 부회장인 초남 씨가 진행하기로 했다. 회원들의 적극적인 참여로 분위기는 나쁘지 않았다. 순조롭게 마무리가 되어갈 즈음, 초남 씨가 자리에서 벌떡 일어나더니 중국어도 아닌 모호한 혼잣말을 하며 실없이 웃었다. 다들 깜짝 놀랐다. 초남 씨는 누구와도 눈빛을 마주치지 않았다. 꼭 누군가와 대화하는 것처럼 허공에 집중하더니 혼자 피식 웃었다. 잠시 후 아무 일도 없던 것처럼 언제 그랬냐는 듯이, 의아한 표정으로 지켜보던 회원들에게 다음에 만날 날을 약속하며 간단한 인사를 하고 내려왔다. 초남 씨가 잠시 자리를 비우자 여기저기서 수군거리며 낄낄

대는 소리가 귀에 거슬렸다. 나는 재빨리 초남 씨와 함께 모임 장소를 빠져나왔다. 모임이 끝난 후 동아리 회원들과 저녁 식사하는 것을 포기하고 우린 무작정 걸었다. 누구라도 먼저 멈추자고 할 때까지 걸을 참이었다. 지하철역 세 정거장을 지나도록 걷다 보니 그제야 슬슬 배가 고팠다. 내가 물었다.

"우리 가위바위보 해서 이긴 사람이 좋아하는 음식을 먹기로 할까?"

"좋아."

초남 씨의 표정이 편안해 보였다.

"가위바위보"

"오호, 내가 이겼으니 내 맘대로 정할게. 매콤한 치즈 닭갈비 먹자."

나는 목소리 톤을 살짝 높여 애교 섞인 말투로 말했다.

"그러자. 술도 한 잔 마시고 싶은데, 남희 넌 어때?"

"당연히 나도 마셔야지. 우리 요즘 좀 뜸했잖아."

닭갈비를 먹고 술도 한 잔씩 마시면서 그동안 우리 사이에 끼어든 뭔가 이상한 기류를 확인하고 싶었다. 분위기가 오를 때 초남 씨가 좀 전에 했던 이상한 행동에 관해서 조심스럽게 물었다.

"있잖아, 아까 사실 나도 좀 놀랐거든. 언제부터 그랬던 거야? 나랑 둘이 있을 때는 전혀 그런 행동 하지 않았잖아."

"그러니까 그게 정확히는 잘 모르겠어. 아마도 군 제대 후 새해가 시작될 무렵이었던 것 같아. 집에 혼자 있을 때 가끔 누군가가 나에게 말을 거는 거 같았어. 뭐지? 하면서 집중하는 나를 봤어. 나도 내가 왜 이러는지 때때로 무서운 생각이 들기도 하고 앞날이 막연해지는 불안 때문에 미칠 거 같아."

초남 씨는 괴로운 듯 연거푸 소주를 두 잔이나 마셨다.

"병원엔 가봤어? 요즘엔 스트레스 때문에 예상치 못한 정신적인 질병들이 많다고 하잖아."

나는 걱정이 되었지만, 별거 아니길 바라는 마음으로 일부러 시선을 멀리 둔 채 물었다.

"병원은 무슨 병원이야, 별것도 아닐 텐데. 그리고 동아리 부회장은 이제 그만해야겠어. 예전처럼 머리가 맑지 않아."

"어휴, 그럼 나도 총무 그만할래."

우린 동시에 입을 닫기로 약속이나 한 것처럼 한동안 서로 말이 없었다. 확연하게 달라진 초남 씨의 행동들이 낯설고, 적응되지 않았다. 그러고 보니 둘이 있을 땐 중국어 개그도 제법 잘했는데 근래에는 들어 본 적이 없었다. 그뿐만이 아니었다. 아예 내 옆으론 오지도 않고 손도 잡지 않았으며 간혹 옆으로 온다고 할지라도 키스는커녕, 눈을 감고 무슨 생각을 하는지 도무지 알 수 없었다. 이전 같았으면 답답해서 내가 먼저 물었을 텐데, 이번만큼은 초남 씨가 먼저 얘기해 줄 때까지 기다려야겠다고 마음먹었다. 초남 씨가 말했다.

"예전과 다르게 학업에 집중이 되지 않아 한 학기 쉬어야 할 것 같아."

"많이 답답한 모양이네."

"좀 그래."

"그렇구나."

"이참에 하지정맥류 진단받은 상태로 종일 서서 일하는 엄마를 도와드리고 싶어."

"알겠어."

하필이면 왜 초남 씨였을까, 대화 중에 힘이 빠졌다.

초남 씨는 휴학 후 주방 보조역할을 잘 해내고 있었다. 그런데도 어머니는 초남 씨의 행동이 썩 내키지 않은 모양이었다. 모르긴 해도 어머니는 초남 씨가 졸업해서 취직하길 바라는 눈치였다. 가끔 식당에 갔을 때였다. 초남 씨가 손님들과 간단한 농담을 주고받을 땐 사장님 같았다. 얼굴에 웃음기 쏙 빼고 진지하게 대화하는 것을 보았을 때 내가 아는, 아니 나를 알고 있는 초남 씨가 맞나 싶었다. 내가 몰랐던 의외의 사교성이 초남 씨한테 있었다니, 놀라웠다. 그렇게 잘 나갈 줄만 알았던 어떤 날엔 손님들이 무안할 만큼 차가운 시선으로 경계하며 무표정한 얼굴로 본체만체한다고, 어머니가 살짝 귀띔해주었다. 종잡을 수 없는 초남 씨의 행동들 앞에서 나는 계속 긴장할 수밖에 없었다. 그나저나 복학은 언제 할 것인지 궁금했다. 눈치 빠른 초남 씨는 어머니가 잠시 자리를 비우자 묻기도 전에 어떤 확신에 찬 눈빛으로 나를 쏘아보며 말했다.

"남희야, 돌아가. 난 정부의 비밀 요원이라 내 신분이 드러나면 위험해. 그리고 복학은 절대 안 해."

초남 씨의 눈동자엔 절대적인 힘이 실렸다.

"뭐라고? 그게 무슨 소리야? 비밀 요원이라니."

"그런 게 있어. 넌 몰라도 돼."

나는 뭔가 심상치 않은 일들이 벌어질 것만 같아 불안했다. 충격적인 마음이 진정되지도 않았는데 초남 씨는 누군가의 음성을 들은 듯 나에게 소리치며 말했다.

"너 혹시 간첩 아니야? 빨리 꺼져. 꺼지란 말이야."

초남 씨는 갈수록 도저히 이해할 수 없는 말을 하며 나를 불신하고 의심했다. 아주 짧은 시간이었는데도 온종일 벽과 대화를 한 것처럼 숨이 턱 막혔다. 휴학한 기간에 뭐든 더 나아졌으리라 내심 기대하고 있었던 터라, 이 모든 상황을 더더욱 인정하고 싶지 않았다. 여느 때와는 확연히 다른 그의 단호한 목소리는 비명에 가까운 울림이 되어 나의 온몸을 휘감아 돌았다. 잠깐만, 아니 그만. 나도 모르게 심장이 쪼그라드는 무서움과 두려움이 엄습해오는 이 상황에서 도망가고 싶었다. 그날따라 집으로 가는 길이 유난히 멀었다. 정신없이 앞만 보고 달려와 현관문을 열고 들어갔는데 다리가 계속 후들거렸다.

며칠 후 오후 4시경, 나는 한 통의 전화를 받았다.

"여보세요, 강남희 씨 맞죠?"

다급한 목소리를 듣자 하니 뭔가 일이 터진 듯했다.

"그런데요, 누구시죠?"

"서초남 씨를 알아요?"

"남자친구인데, 왜죠?"

"서초남 씨가 산에서 쓰러졌습니다. 산행 중인 사람이 목격
하여 119에 신고했습니다."

"네? 살아 있나요?"

"피를 많이 흘리긴 했는데 의식은 살아있어요. 그런데 몸은
전혀 움직이질 못해요. 아마도 바위에서 발을 헛디뎌 추락한 거
같습니다. 일단 저희가 출동하여 가장 가까운 H 종합병원으로
이송 중이니 바로 병원으로 오십시오."

"네네 알겠습니다."

나는 사지가 떨려 무슨 내용이었는지조차 가물가물한 전화
를 끊고 망연자실 그대로 주저앉아버렸다. 빨리 가봐야 하는데
다리에 힘이 풀려 한동안 일어서질 못했다. 도대체 왜, 누가 밀
었을까. 그동안 얼마나 아팠던 걸까. 일하느라 바쁘다는 이유로
신경 써주지 못한 것 같은 자책감에 목이 메었다.

아저씨, H 종합병원으로 가요.

애써 침착하려 해도 별의별 생각들이 머릿속에서 소리 없는
전쟁을 헤댔다. 나를 알아보지 못하면 어쩌지? 아주 긴 시간 동
안 잠만 자면 어떻게 하지? 온 맘 다해 사랑한다는 말, 아직 하
지 못했는데. 나는 택시 안에서 무수히 많은 긍정적인 희망의
말들을 꺼내 보려 하였으나 어떤 말도 생각나지 않았다. 제기
랄, 평상시엔 잘 떠오르지 않던 불길한 생각들만 스쳐 갔다. 머
리를 강하게 흔들며 아니라고 반응했는데도 뇌리에서 지워지지
않았다.

응급실에 들어섰다. 얼굴과 다리 전체가 피투성이인 초남 씨를 확인하고 나서야 그래도 살아있다는 안도감이 쿵쾅거린 심장을 가만히 위로했다. 위급한 상황을 넘긴 거 같다는 의사의 말을 듣고 이제는 보호자가 되어야 한다는 생각밖에 없었다. 추락의 충격인지 초남 씨는 아직 말을 하지 못했다. 아니 눈도 뜨지 못했다. 나는 애가 탔지만 정작 본인은 어떤 상태인지 왜 여기에 있는지조차 전혀 알고 싶지 않은, 그래서 조금은 귀찮은 잠을 자는 듯했다. 곳곳에 피멍 든 자국이 선명하게 보이는데도 모든 걸 포기하는 과정에서나 보일 법한 무표정한 얼굴이었다. 눈에 보인 상처만 봐도 까인 피부 껍질 속에 찢겨나간 살들의 통증이 전해지는데, 초남 씨는 그 어떤 통증조차도 느껴지지 않는 모양이었다. 듣고는 있으나 굳이 눈을 떠서 뭔가를 확인하고 싶은 마음은 없어 보였다. 혹시 아무도 모르게 삶의 시간을 정지하고 싶단 이유로 계획된 것이었나, 하는 섬뜩한 생각이 눈앞까지 왔다가 사라졌다. 나쁜 놈.

그날 밤, 나는 어머니께 말했다. 떨리는 목소리를 진정시키며 당분간 초남 씨랑 함께 있을 테니 걱정하지 말라고. 영문을 모르는 어머니는 내게 늘 신세를 진 것 같다며 미안해했다. 아빠의 얼굴도 모르고 자란 아들을 분신처럼 아끼고 사랑하며, 대화가 되기 시작할 무렵부디는 때론 애인처럼 때론 남편처럼 의지하며 살았다는데, 그런 어머니께 불과 하루 사이에 일어난 청천벽력 같은 사건이 있었다는 것을 차마 말할 수 없었다. 일단 내가 할 수 있는 데까지 해보리라 마음먹었다. 초남 씨가 어느 정도 안정을 찾은 후 차근차근 말할 생각이었다.

응급실에서 했던 검사 결과가 나왔다. 오른쪽 허벅지 쪽에 있는 뼈들이 산산조각이 났는데 이 작은 뼈들이 신경을 누르면 위험할 수 있다고 했다. 수술이 급했다. 수술 동의서에 사인이 필요했다. 어쩔 수 없이 어머니를 불렀다. 어머니는 초남 씨를 보자마자 오열하며 울부짖었다.

"아니 세상에 이게 무슨 날벼락이래. 느닷없이 멀쩡하던 다리 수술이라니 말도 안 돼."

"많이 놀라셨죠?"

"이건 놀랄 정도가 아니라 소름 끼쳐 무서워서 못 살겠다."

"그래서 초남 씨가 어느 정도 안정되면 어머니께 말하려고 했거든요."

"넌 이렇게 큰 사건을 어떻게 혼자 감당하려고 했다니?"

"어머니가 충격받을까 봐, 그게 더 걱정되더라고요."

"어휴."

어머니의 긴 한숨이 나를 더 먹먹하게 했다.

다행히 몸 안의 다른 기능들은 안정을 취하면서 지켜보자고 했다. 다섯 시간을 훌쩍 넘긴 긴 수술이 끝나고 병실로 돌아온 초남 씨의 얼굴과 다리가 많이 부어 있었다. 어떻게든 도망치려고 했던 초남 씨의 그간의 힘듦이 고스란히 따라서 온 듯, 간신히 눈을 뜬 미간 사이로 심란한 표정이 역력히 드러났다. 멀쩡하던 다리가 하루 사이에 석고붕대로 싸매 있는 기가 막힌 현상을 보고도 초남 씨는 별다른 반응이 없었다. 예상치 못한 긴장감이 맴돌았다. 내 생각도 혼란스럽기는 피차일반이었다. 뭔가 엉켜있는 실타래를 하나씩 풀듯 이제는 풀어야 하지 않을까 싶었다. 수술이 끝난 며칠 후였다. 담당 의사는 회진이 끝나고 보호자와 상담을 좀 해야 할 것 같다고 했다. 상담이라니, 상담이라는 말만 들었을 뿐인데 마치 죄인이 된 것처럼 맥박이 요동쳤다. 병실에선 별거 아닐 거라며, 애써 태연한 척 중얼거렸다. 하지만 애쓴 보람도 없이 끝내 나의 초조함은 현실이 되고 말았다. 담당 의사가 초남 씨한테 산에서 추락한 경위에 관해 묻자, 본인을 죽이려고 쫓아오는 사람들이 뛰어내리라고 했다는 둥 계속 횡설수설하며 불안증세가 심하다고 했다. 이어 담당 의사는 신경정신과에 의뢰하여 치료받아야 할 것 같다고 말했다. 나는 서둘러 신경정신과에 예약했다. 난생처음으로 정신과 상담실로 들어갔다. 심장이 긴장하여 쪼그라들었던지 목소리가 심하게 떨렸다.

"안녕하세요, 선생님. 서초남 보호잔데요."

"네 여기 앉아요. 우려했던 대로 서초남 씨는 조현양상장애일 확률이 높습니다. 진즉부터 증상들이 나타났을 텐데 몰랐나요."

"네? 그럼 이제 어떻게 해야 하나요?"

"요즘엔 약이 좋아서 약물치료와 상담 치료를 잘 받으면 사회생활 하는 데는 문제 없을 겁니다."

"네 알겠습니다."

나는 머리부터 발끝까지 어느 것 하나도 제정신이 아닌 듯
혼란스러웠다. 의사는 마치 감기약을 처방하듯, 담담하게 내 눈
을 한 번 쳐다보고 다시 차트를 보며 알려주었다. 참으로 난감
한 이 상황을 혼자 감당하기엔 버거웠다. 결국, 어머니께 도움
을 요청할 수밖에 없었다.

어쩌다가 이리되었는지는 모르겠지만, 요사이 내가 탑승하
고 있는 세상이 어지럽게 돌고 있는 것 같아 좀 내리고 싶었다.
내게도 엄마가 있었다면 오늘 같은 날엔 어떤 도움을 받고 싶었
을까. 불현듯 눈앞에 나타난 엄마가 미혼모였다 할지라도, 엄마
와의 만남이 단 하루만이라도 내게 주어진다면, 오롯이 엄마 곁
에 꼭 붙어 밤새 수다를 떨고 싶었다. 나는 종종 끝없는 외로움
에 노출이 될 때면 잠시 그런 생각에 머물렀다. 그러다 세상 한
가운데 어린 핏덩이를 버리고 갈 땐 어떤 마음이었는지, 그래서
지금은 얼마큼 행복한지 묻고 싶고 듣고 싶었다.

랑 식당의 낡은 주방 식기들은 주인을 똑 닮았다. 굳이 말하
지 않아도 한 번 맺은 인연은 어떤 상황에도 버리지 않는다는
어머니만의 굳은 신념이 밴 듯했다. 아주 작은 거 하나도 함부
로 버리지 못한 성정인 어머니를 닮아서일까, 초남 씨도 그랬
다. 오래전 할머니를 따라 처음 식당에 간 날부터 줄곧 단골이
되었고, 그 인연으로 초남 씨랑 대학까지 꼭 붙어 다니게 되었
다. 인연이 연인이 된 셈이었다. 할머니가 돌아가신 후 늘 혼자
였던 나에게 힘이 되었던 초남 씨, 그로 인해 나의 일상은 생기

가 돌았다. 사랑이란 걸 조금씩 알게 되면서 자연스럽게 둘이 하나가 되었고, 약간의 거리를 둔 채 같은 곳 결혼을 향해 가는 중이었다. 요사이 어머니는 허리와 다리뿐만 아니라 소화도 잘 안되어 속이 더부룩한 날이 많다고 했다. 잊고 살았던 오래전 힘듦이 어쩌자고 하나씩 내려오는지 모르겠다며 쯧쯧, 원망 섞인 혀를 찼다. 몸 구석구석에서 나타난 어머니의 통증은 그동안 힘들었던 삶의 흔적이었다는 것을 생색이라도 낼 참인가, 때때로 더 강한 신호를 보낸다고 했다. 나는 어머니의 한숨만 들어줬을 뿐인데 그 작은 위로가 얼마나 도움이 되었는지 알 수 없었다.

초남 씨의 몸속에 흩어졌던 뼈들이 잘 붙고 있다는 얘기를 담당 의사로부터 들었다. 눈에 보인 상처는 조금씩 나아지는데 초남 씨의 눈빛은 갈수록 초점을 잃어가는 거 같아 마음이 아팠다. 신경정신과 병동에 다녀온 날엔 유독 짜증을 냈다. 세상에 대한 불평불만을 하염없이 늘어놓기도 하고, 갑자기 퇴원시켜 달라면서 어린애가 엄마한테 조르듯이 어떤 날엔 온종일 조르기도 했다. 담당 의사의 퇴원 명령 없이는 꼼짝할 수 없는데도 신경질적인 말투는 집요했다. 그럴 때마다 병실에서의 일과가 숨 막히게 답답할 수 있겠다는 것을 충분히 공감해주었다. 조금씩 나아지고 있는 것 같아 초남 씨에게 넌지시 물었다.

"초남 씨, 지난번에 산에 올라갔을 때 뛰어내리라고 말했다던 목소리가 지금도 들려? 다른 어떤 말을 하기도 해?"

초남 씨는 바로 답하지 못하고 한참 동안 망설였다. 나는 다그쳐 묻지 않았다. 초점을 잃은 듯한 초조한 눈빛을 볼 때 심리적 안정이 필요해 보였다. 얼마 후 초남 씨가 무거운 입을 열어 말했다.

"사실 약을 먹을 땐 괜찮고, 잠시라도 약물치료를 중단하면 어김없이 누군가가 나를 해치려고 쫓아오는 것 같아."

함께 얘기하던 중에도 초남 씨는 자꾸만 주변을 두리번거리며 불안해했다.

"그랬구나, 많이 힘들었겠네. 당분간 어떤 경우에도 약물치료 끊지 말자."

"완전히 나을 때까지 그래야겠어."

초남 씨는 치료를 더 잘 받아야겠다는 확고한 의지를 보이며 자신 있게 말했다.

"참, 약은 시간 놓치지 말고 제시간에 먹는 게 제일 중요하대."

나는 한 번 더 시간을 꼭 지켜 먹을 수 있도록 귀에 못을 박듯 또박또박 애기해 주었다.

"근데 나 빨리 퇴원해서 복학도 해야 하고 돈도 벌고 싶은데, 할 수 있을까?"

초남 씨는 근심이 가득한 얼굴로 반신반의하며 물었다.

"당연하지. 복학뿐 아니라 그동안 하지 못했던 것까지도 다할 수 있으니까 조급하게 생각하지 말고 차근차근히 해나가자."

나는 다 필요 없고 치료가 우선이라는 말을 차마 하지 못했다.

　어머니의 건강 상태가 온전히 회복되지 않았는데도 어쩔 수 없이 교대를 요청했다. 초남 씨 혼자서는 휠체어에 오르지도 내려오지도 못한 상황이라 간병인이 필요한 까닭이었다. 나는 초남 씨를 어머니께 맡기고 사방이 가로막힌 회색 건물을 벗어나 복잡하게 묶여 있던 시간으로부터 해방되고 싶었다. 걷잡을 수 없는 우울함이 올라올 때 종종 버스 여행을 했다. 소리 내어 울고 싶을 때, 사는 게 버거울 때, 모든 걸 놔버리고 싶을 때 그럴 때마다 혼자인 나를 언제나 변함없이 따뜻하게 안아주던 곳, 얼굴도 기억나지 않는 엄마의 이름을 수평선 너머까지 들리도록 외쳐 불러 봤던 곳, 나는 지금 그 바닷가에 와 있다. 보고 싶었던 시간만큼 그리워진 엄마의 목소리가 고요 속에 묻힌 탓일까, 온 힘을 다해 불러 봐도 여전히 들리지 않았다. 철썩철썩 작은 울림을 담은 파도 소리만 내 안 저 깊은 속까지 천천히 아주 느리게 스며들었다.

　바닷가를 거니는데 언젠가 패키지 해외여행을 하던 중 가이드의 말솜씨에 숨이 넘어갈 정도로 통쾌하게 웃던 기억이 났다. 만사가 귀찮아질 때쯤 스멀스멀 올라온 특별한 기억은 소중한 에너지가 되었다. 여행지 곳곳마다, 유머를 곁들인 가이드의 명쾌한 해설에 매료되어 더없이 즐거운 여행이었다. 어떤 이는 돈 걱정 없이 수시로 여행을 다니기도 하고, 어떤 이는 한 번의 여행을 위하여 몇 달 동안 용돈을 꼬박꼬박 모으기도 한다는 사실을 그때 알았다. 어찌 되었건 여행하는 많은 사람이 일상으로 돌아간 후 힘들고 지칠 때마다 그날의 함박웃음이 생각날 수 있게끔, 그런 일을 하고 싶었다. 운명이었을까 여행 관련 회사에 취업이 되었다. 월급보다도 개인적인 사정을 배려해 줄 수 있는 직장이라면 계약직이라도 좋았다. 일하던 현장에서 들었던 웃음소리는 순간순간 힘든 삶을 이겨낼 수 있는 어떤 감기약 같았다. 얼마 전 회사에 휴직계를 냈지만, 사직이나 마찬가지였다.

나는 어머니와 초남 씨가 좋아하는 초밥을 사 들고 병원으로 갔다. 초남 씨의 눈빛은 지난번에 봤을 때보다 훨씬 부드러웠다. 그런데 시도 때도 없이 어머니를 괴롭힌 행동이 잦아졌다고, 같은 병실 사람들이 말해주었다. 왜 그랬을까. 내가 부러워할 만큼 모자와의 관계가 좋았었는데. 필시 내가 모른 무슨 사정이 있었으리라 짐작해보았다. 그 얘길 들어서인지 병실에서 나눈 모자간의 대화는 상처투성이었다. 어머니는 짜증이 났던지 툭 던지는 말투로 초남 씨한테 말했다.

"넌 왜 그렇게 의지가 약해? 그러니까 그런 이상한 소리나 듣고 다니지."

어머니의 말이 끝나자마자 초남 씨가 말했다.

"그러니까 그때 차라리 죽었어야 했다고."

"뭐라고? 그걸 말이라고 하니?"

"나도 답답해 미치겠어. 전혀 알지 못한 누군가가 날 조정하고 있다는 게 숨 막혀 죽겠는데 그 괴로움 알기나 해?"

"그런 억지가 어딨어?"

"됐으니까 그만해."

거친 대화는 좀처럼 순화되지 않았다. 지금껏 함께 견뎌왔던 힘들었던 시간을, 서로에게 인정받고 싶은 욕구는 충분히 이해되었다. 하지만 모자 사이의 갈등은 시간이 갈수록 풀리기는커녕 점점 더 깊은 늪으로 빠져들었다. 나는 원치 않은 중재자의 역할 앞에 섰다. 얄궂게도 현실을 넘나드는 감정 기복은 약한 자들의 삶의 시간을 야금야금 갉아먹는 것 같았다. 출구가 보이지 않는 긴 터널 안에서 방향을 잃어버린 아이가 울음소리를 통해 살려달라는 신호를 보낸 것처럼, 초남 씨도 점점 가까이 다가와 버린 깜깜한 불안에서 벗어나고파 살려 달라고 아우성을 치는 게 아니었을까. 나는 이내 마음이 착잡했다.

몇 달 후 석고붕대에 싸매 있던 초남 씨의 다리가 드러났다. 몇 군데 철심을 박아 놓은 거 빼고 산산조각이 났던 뼛조각들이 제자리에 잘 붙어 있다는 소리를 듣고 그제야 단단하게 굳어 있던 나의 표정도 따라 웃었다. 붕대를 푼 것만으로도 묶임으로부터 자유를 얻은 듯 초남 씨 마음도 편안해 보였다. 더 많은 해방감의 욕심을 탐하고 있던 초남 씨는 틈새가 보일 때마다 궁색한 이유를 들어 나를 설득했다. 어차피 당장 퇴원할 수 없다면 딱 한 번만이라도 외박, 아니 외출이라도 하게 해주면 앞으로 남아 있는 모든 치료를 정말 열심히 받겠다고 애원하듯 말했다. 사실 눈에 보인 상처는 어느 정도 아물어졌지만, 보이지 않은 상처는 여전했다. 그런데도 초남 씨는 막무가내였다. 결국, 어머니와 나는 설득을 당할 수밖에 없었다. 다음 날 오전, 담당 의사를 만나 외박이 가능한지 물었다.

"그건 신경정신과 선생님과 상의를 해봐야 할 것 같은데, 일단 그쪽으로 연결해 줄게요."

신경정신과 선생님을 만났다.

"선생님, 초남 씨가 하루만이라도 외박하고 싶다는데 가능할까요?."

"아직 환청이 들리는 상태라 좀 곤란해요."

"제시간에 맞춰 약 잘 먹으면 괜찮지 않을까요?"

"그렇다고 해도 지금 당장은 안 되고, 며칠 후에 상황 보고 결정합시다. 참 약물치료 중이니까 술은 절대 마시면 안 됩니다."

하루 정도 외박이 가능하단 허락을 간신히 받아 났다. 초남 씨의 들뜬 눈빛이 부담스러웠다. 요사이 부쩍 눈을 마주칠 때마다 평온을 가장한 독기가 숨어 있는 것 같아 소름이 끼쳤다. 오해할까 싶어 괜찮냐는 말을 물을 순 없었다. 초남 씨가 손꼽아 기다리던 그날이있다. 병원에서 나와 짐으로 가기 전 초남 씨가 좋아하던 삼겹살을 먹기로 했다. 한참 동안 정신없이 먹었다. 노릇하게 구워진 삼겹살의 육즙이 느끼해진 그때야 절대 금주해야 한다는 선생님의 간곡한 당부의 말이 떠올랐다. 이를 어째, 딱 한 잔씩만 먹자고 했는데 훨씬 더 먹어 버렸다. 걱정도 걱정이지만 나는 취기가 올랐던지, 문득 대학교 동아리 첫 모임이 있던 날 헐레벌떡 들어간 내게 뒤에서 간지럽게 껴안아 주던, 그 듬직하고 아늑한 품속으로 들어가고 싶었다. 그런데 끝내 용기가 나지 않았다. 불현듯 나에 대한 감정이 싸늘하게 식은 건 아닐까. 예전과 같이 정열적인 사랑을 할 수 있을까. 불안한 생각들이 발목을 잡았다. 초남 씨와 함께 나눴던 사랑의 순간들이 추억으로만 남게 될까 봐 좀 걱정되었다. 하마터면 약먹을 시간을 놓칠 뻔했다. 나는 더 늦기 전에 초남 씨한테 약을 꺼내주며 말했다.

"초남 씨, 약은 제시간에 먹어야 한댔어. 조금 늦었지만, 지금이라도 먹어."

"알겠어. 먹을게."

초남 씨는 매우 귀찮은 듯 마지못해 대답했다. 그사이 나는 화장실에 다녀왔다.

맙소사, 초남 씨가 약을 먹은 척하고 휴지에 싸서 버렸다는 걸 뒤늦게 알았다. 약을 먹지 않은 상태에서 술까지 마셨으니 감정 통제가 되지 않은 듯 조금씩 짜증을 냈다. 집으로 돌아간 초남 씨는 보이는 것마다 거슬린다는 이유로 걷어차며 불평했다. 가까이 다가갈수록 무섭게 돌변하는 태도를 제지할 방법이 없었다. 온몸에 소름이 싸하게 퍼졌다. 금세 얼굴색이 변하더니 원망 섞인 울음을 꺼이꺼이 서럽게 토해냈다. 그러곤 아직도 분이 풀리지 않았던지, 누군가가 이상한 지시를 하는 건지 분간할 수 없을 만큼 공격적으로 변했다. 초남 씨는 나에게 협박하면서 말을 이었다.

"다신 병원으로 돌아가지 않을 거야."

"그게 무슨 소리야. 하룻밤 외박이잖아."

"다 필요 없어. 이젠 다 나았다고. 그러니 안 가도 된단 말이지."

단호하면서도 무섭게 뱉은 말에 덜컥 겁이 났다.

"초남 씨 왜 그래. 나도 사랑받고 싶단 말이야."

"뭐, 사랑? 사랑받고 싶다고? 다 틀렸어. 뭐든 내 맘대로 잘 안돼. 어차피 병신으로 살 바엔 죽는 게 더 나아."

초남 씨의 극단적인 말투가 마음에 걸렸다. 초남 씨는 달랠 틈도 주지 않고, 다 낫지 않은 다리를 끌고 집을 뛰쳐나갔다. 평안을 예측할 수 없는 질병에 끌려다닌 초남 씨가 한없이 가여웠다. 부랴부랴 초남 씨 뒤를 쫓아갔다. 아픈 다리의 불편한 감각을 느끼지 못할 만큼 이성을 잃어버렸을까, 초남 씨는 중앙선을 넘어 건너편 도로에 서 있었다. 늦은 밤이라 도로에 차들이 별로 없어 다행이었지만, 아찔한 순간이 눈앞에 빤히 보였는데도 막을 순 없었다. 할 수 없이 경찰에 도움을 요청했다. 초남 씨는 그토록 원했던 하룻밤의 외박을 무사히 넘기지 못하고 결국 강제 입원을 하고 말았다.

그날 이후 외과 병동에서 정신과 병동으로 모든 차트가 넘어갔다. 폐쇄된 공간, 입원실은 정문 맞은편 길 건너 두 번째 건물에 있었다. 본의 아니게 휘둘렀던 공격적인 행동들은 입원실 철문이 닫히자 꼬리를 감췄다. 얼마간 세상과 또 그리운 사람들과 분리될 수밖에 없는 낯선 공간으로 들어간다는 게 불안했던지 초남 씨의 몸이 심하게 떨렸다. 나는 초남 씨 등 뒤로 가 가만히 안아주었다. 그리고 말했다.

"초남 씨, 긴장하지 마. 괜찮아질 거야."

"노력해볼게."

"점점 좋아질 그날을 기대해."

"나, 예전보다 더 뜨겁게 사랑할 수 있을까?"

"당연하지."

나는 힘의 강도를 높여 가며 평정심을 유지해보았지만, 끝내 참았던 눈물이 초남 씨의 등줄기를 타고 흘렀다. 초남 씨의 어깨도 들썩거리며 아파했다. 한참 동안 흐느낀 초남 씨는 빨갛게 충혈된 눈을 보이기 싫다며 뒤도 돌아보지 않고 잰걸음으로 들어가 버렸다. 차갑게 닫혀버린 철문 안을 멍하게 바라보다 힘겹게 돌아선 나의 발걸음은 천근만근이었다. 몸속 어딘가에 숨어서 당사자뿐만이 아닌 가족들의 삶의 질까지 떨어지게 만든 질병의 정체를 알면 알수록 모든 게 허탈했다. 아무도 초청하지 않았던 불청객의 뻔뻔함을 쫓아낼 방법이 있긴 있는 걸까. 소리소문없이 찾아와 한 생명을 은밀한 파멸로 몰아가는 무시무시한 질병 앞에 결국, 굴복할 수밖에 없는 걸까. 나는 다시 선생님을 만날 용기도 의욕도 사라졌다. 무기력증은 생각보다 오래갔다.

별다른 계획이 없어 침대에서 뒹굴뒹굴하는데 알림 문자가 왔다. 이번엔 십삼일 간의 유럽 일정이었다. 나는 가끔 리셋을 꿈꾼다.

만추

만추

    엄마는 내 말을 듣기는커녕 막무가내였다. 원래 차분하던 성격은 도무지 보이지 않고 무언가에 홀린 듯 집 안에 있는 물건을 하나씩 던져가며 찾아댔다.

    —민경아, 서랍에 있던 통장 네가 훔쳐 갔지?

    엄마는 은근히 나를 경계하며 물었다.

    —아니야. 엄마 요즘 왜 그래. 잘 찾아보지도 않고 무턱대고 나한테 뒤집어씌우는 거야.

    어이없는 상황에 나는 화가 좀 났다.

    —설마 M의 짓인가? 아니야 그럴 리가 없어. 민경이 너지. 빨리 내 통장 가져와. 너 도둑년이지? 경찰에 신고할 거야.

    아무리 생각해 봐도 나이 들어갈수록 누구나 있을 법한 건망증 증세는 아닌 것 같았다. 순간 피가 거꾸로 솟는 것처럼 아찔했다. 집 안에 있을 만한 곳을 다 뒤져봐도 통장은 보이지 않았다. 엄마는 실망하여 거실 바닥에 주저앉아버렸다. 어린아이처럼 시무룩해지더니 금세 힘이 빠진 듯했다. 엄마에겐 휴식이 필요했다.

며칠 후 오래간만에 냉장고를 청소했다. 냉장실 청소가 끝나고 냉동실 서랍을 열고 청소하려는데 안쪽에 까만 비닐봉지가 냉동식품에 눌려 있었다. 봉지를 뜯어봤다. 봉지 안에 엄마가 찾던 통장이 다 들어 있었다. 엄마를 불러 통장을 전해주며 물었다.

—엄마, 냉동실 서랍에 통장을 넣어 둔 기억 안 나?

—난 모르는 일이야. 아니라고.

엄마는 전혀 모르는 일이라고 시치미를 뚝 떼었다.

—알겠어. 근데 왜 갑자기 통장을 찾는 거야?

—M이 파트너 할 때 귓속말로 나를 꾀었거든.

—뭐라고 했는데.

—세상에서 뒤태가 가장 아름다운 여인이라면서 귀에다 막 바람을 넣는 거야. 그러더니 돈을 빌려달래.

—참 나. 그 말을 믿어? 빈말로 하는 소리를. 그런데도 댄스 아카데미 계속 다닐 거야?

—당연하지. 오늘 저랑 같이 춤 한 번 추실래요?

엄마는 언젠가부터 빈말로 했던 말들을 곧이곧대로 믿었다. 그러더니 소파에서 벌떡 일어나 나에게 손을 내밀었다.

늦은 오후, 근래에 몸과 마음이 유난히 힘들다고 말하던 엄마를 불러내 집 근처 공원을 산책했다. 좀 더 좋은 곳으로 갈 형편이 되지 않았기에 공원에서라도 바람을 쐬고 싶었다. 엄마는 싫지 않은 기색이었다. 길바닥에 쌓인 낙엽을 밟을 때 바스락거리는 소리가 좋은지 부러 아이처럼 밟기도 했다.

　—집을 나오니까 좋긴 좋다. 나뭇잎들이 언제 이렇게 쌓였지.

　엄마는 길바닥에서 시선을 떼지 못한 채 소녀처럼 스텝을 밟은 시늉을 했다.

　—오랜만에 사진 한 장 찍어줄까?

　나는 엄마의 설렌 대답을 듣고 싶어서 얼굴을 빤히 바라보며 물었다.

　—아니야. 이제 사진 안 찍고 싶다. 표정 관리가 잘 안 되니까 어색해. 이쁘지도 않고.

　지나간 세월을 아쉬워하는 듯 엄마의 목소리엔 힘이 빠졌다.

　—그래도 여길 보며 웃어봐. 항상 사진 찍을 때 치아가 다 보이도록 웃었잖아.

　나는 핸드폰 카메라를 들고 엄마한테 바짝 다가가 아양을 떨며 얘기했다.

　—이게 다 웃은 건데, 거봐 별로잖아. 그래서 안 찍는다고 했지. 혹시 제주도라면 모를까.

　엄마의 표정이 어두워졌고 마음에 든 사진 한 장을 건지지 못한 채 공원 데이트는 끝나고 말았다. 나온 김에 봉골레 파스타를 같이 먹을 생각에 마음이 들떴는데 그마저도 포기하고 집으로 돌아갔다. 언제부터였을까, 엄마의 얼굴에 웃음이 사라진 건. 어떤 구박을 해도 꿋꿋하게 브이를 그리며 집요하게 사진을 찍어달라던 엄마였는데. 무엇이 엄마의 사진 찍는 취미마저 체념하게 했을까, 생각할수록 가슴이 아렸다.

공항 근처에서 빌린 승용차를 타고 운전하는 데 익숙하지 않아 긴장했다. 평일 오후 세 시쯤이라 그런지 주차장이 한가했다. 군데군데 세워진 차를 피해 가장자리에 주차했다. 거의 직진만 했는데도 차에서 내릴 때는 초보운전 티가 날 정도로 다리가 후들거렸다. 내리자마자 맑은 공기와 함께 펼쳐진 풍광은 굳었던 입이 풀어지게 했다. 점차 마음의 여유가 생기자 주위를 둘러보곤 막 달려볼까 했는데 아무래도 무리일 거 같아 금세 그만두었다. 엄마는 차 안에서 궁싯거리고 있었다.

—엄마 뭐해, 빨리 나와.

—잠깐만, 아까 선글라스 챙겼는데 안 보여서.

엄마는 그리 따가운 햇볕이 아닌데도 모자와 선글라스를 써야 사진이 잘 나온다면서 기어이 선글라스를 찾아냈다. 습관처럼 쿠션을 한 번 더 얼굴에 두드린 후 그제야 차에서 내렸다. 나는 사진 찍는 걸 별로 좋아하지 않았다. 엄마는 오래전부터 사진을 찍을 때 다양한 자세를 취하는 게 모델 못지않게 자연스러웠다. 좌우 나무들이 우거지고 길의 끝이 보이지 않는 도로 한복판에서도 귀찮은 정도로 나를 불러 사진을 찍어달라고 했다. 한때는 그게 왜 그렇게 짜증이 났는지 몰랐다.

구름 한 점 없는 푸른 하늘 아래 무리 지어 출렁거리는 은빛 억새를 보자 어김없이 카메라가 떠올랐다. 이번엔 기필코 엄마 마음에 쏙 들어 다시 봐도 미소 지을 수 있는 사진을 찍어주고 싶었다. 어느 때보다도 집중하여 잘 찍어보리라 마음먹었다. 새별 오름의 초입에 들어서자 여기저기서 사람들이 모여들었다. 수많은 사람이 오갔던 황토색 길을 엄마와 나는 느린 걸음으로 걸었다. 오르막길을 오르다 사잇길로 빠졌다. 조금 더 안쪽으로 들어가 보았다. 억새 숲은 바다를 옮겨 온 듯 은빛 물결로 출렁거렸다. 때마침 자리를 잡고 앉은 두 사람이 이야기를 나누고 있었다. 언뜻 보아도 육십 대 후반쯤으로 보인 부부의 대화였다.

―요즘엔 그저 살아 있다는 것만으로도 감사하다는 생각이 드네.

―그게 무슨 말이어요?

―젊어서 한창 일할 땐 당연히 내가 가정의 주인공 같았는데 지금은 조연도 아니고 겨우 엑스트라에 불과한데, 짝꿍이 나를 버리지 않고 옆에 있나는 것만으로도 그런 생각이 든단 말일세.

―왜 그런 생각을 했는지는 모르겠지만 당신은 주인공 맞아요. 적어도 내가 죽기 전까지는. 그러니 아무 염려 마요.

엄마를 따라가던 길에 들려온 부부의 애틋한 대화가 가슴을 울먹였다. 엄마는 걸핏하면 바람에 흔들리는 억새를 쫓아 딴 길로 가버리기를 반복했다. 인정하고 싶지 않지만 조금씩 방향감각을 잃어갔다. 저만치 혼자 앞서가는 엄마를 불렀다.

―엄마, 같이 가.

―으응, 여기로 와.

―참, 며칠 전에 댄스 아카데미 그만 다니라고 아빠가 난리 쳤다며. 그만둘 거야?

나는 엄마에게 바짝 붙어 조심스럽게 물었다.

―아니. 이제 겨우 나를 위한 삶의 방향을 찾은 거 같은데 그만둘 이유 없지.

엄마는 잠시도 머뭇거리지 않고 단호하게 말했다. 그러곤 계속 말을 이었다.

―솔직히 오랫동안 해오던 명품수선집 문을 닫던 날, 내 삶이 무너지는 거 같았어. 아빠 변함없이 자기중심적이었고, 넌 너대로 독립된 삶을 살고 있었으니 난 어느 곳에도 마음 붙일 데가 없더라. 그때 지인의 소개로 댄스 아카데미에 등록하게 된 거야. 애석하게도 아빠 나의 파트너가 되어 줄 생각이 전혀 없다고 말하더라. 그때 좀 서운했어. 동작을 리듬에 맞게 따라 해야 하는 게 부담스럽지만, 정신이 살아있는 동안, 춤을 출 거야. 춤을 출 때 비로소 내가 살아 있는 것 같거든. 어쩌면 여자로서 마지막 호흡을 즐기는 것일지도 모르잖니.

―그럼 아빠랑 화해할 생각은?

엄마의 눈치를 흘끔 살피며 물었다.

―글쎄. 지금으로선 반반이야.

엄마는 확신이 없는 대답을 했다.

―나도 중재자 역할 지긋지긋해. 앞으로 제발 사이좋게 살면

안 돼?

나는 귀찮고 불안한 기색을 들키지 않으려고 한 발짝 뒤에 따라가며 물었다.

—부부간의 문제니까 알아서 할게.

엄마는 약간 짜증이 난 듯 마지못해 대답했다. 그러곤 갈증이 났던지 들고 있던 물을 쉬지 않고 벌컥벌컥 절반 이상을 마셨다. 정상까지 가는 길엔 두 부류의 사람들이 오갔다. 정상을 밟고 온 자들의 여유로움과 반드시 정상을 정복하고 말겠다는 욕망에 이글거리는 자들, 그들은 모두 보이지 않는 어떤 관계망 안에서는 같은 동지인 듯했다. 엄마는 사람들이 없는 곳을 찾아 그새 멋진 자세를 잡고 서서 나를 불렀다. 핸드폰을 꺼내 사진을 찍으려는데 엄마의 모자가 보이지 않았다.

—엄마, 아까 모자 쓰고 왔잖아. 모자 벗고 찍을 거야?

—무슨 소리야, 모자 썼는데.

엄마는 곧바로 머리를 만지더니 그때야 모자가 없어진 사실을 알았다. 분명 차에서 내렸을 때 모자와 선글라스를 챙겼는데 어디에서 잃어버렸는지 전혀 기억이 나지 않는다고 했다. 언제부턴가 종종 그랬다. 엄마의 기억력은 예상보다 빠르게 흐려져갔다.

그즈음 나는 우울증약을 복용하고 있었다. 엄마한테는 차마 말할 순 없었다. 고등학교를 졸업하고 도피하듯 한국을 떠나 낯선 나라에서 적응한다는 게 생각만큼 쉽지 않았다. 반드시 성공해서 돌아오겠다는 각오로 부모님을 설득하긴 했으나 날이 갈수록 외국에서의 현실은 나를 외면하는 거 같았다. 외로웠고, 매일 매일 답이 보이지 않는 내일을 만나는 게 두려웠다. 한국에 잠시 들어온 후 시간에 대한 경계가 풀린 탓이었을까, 엄마와 더 친밀해지고 싶은 까닭이었을까 그동안의 힘들었던 이야기를 하나둘 꺼내게 되었다. 제주도에서 처음으로.

─진작 말하지, 그랬어. 많이 힘들었겠구나. 지금은 어때?

모처럼 엄마가 진심으로 묻는 것 같았다.

─약을 계속 먹으니까 좀 괜찮아졌어.

나는 이제라도 마음을 알아주는 것 같아 코끝이 찡해지는 걸 참으며 대답했다.

─이참에 한국으로 아예 들어올래?

엄마는 그동안 딸의 힘듦을 알아주지 못한 미안한 목소리로 물었다.

─글쎄. 그건 생각을 좀 해 봐야 할 거 같아.

나는 들어오겠다고 바로 답하지 못했다.

─그래 알았다. 나도 요샌 엊그제 일도 기억이 잘 안 나거든.

엄마는 말하는 사이사이에도 깊은 한숨을 내쉬었다. 남은 삶에 대한 뚜렷한 확신이 없어 무척 답답해했다. 어디선가 칼바람 같은 게 휙 불어와 얼굴을 스치듯 지나가는데 마음 한편이 찌릿했다. 나는 구름 한 점 없는 파란 하늘을 넋 놓듯 올려봤다. 그러자 곧 구름 떼가 몰려와 시야를 흩어버렸다. 뭔가 불투명한 미래, 말하자면 잠시도 예측할 수 없는 우리의 미래가 하늘 아래 홀로 힘겹게 서 있는 것 같아 마음이 편하지 않았다. 엄마한테 별거 아니라고 안심시켜 놓았지만, 우려하던 염려가 현실이 될까 봐 가슴이 바짝바짝 탔다. 혹여 어디에서라도 불안한 내심이 나타나지 않게 표정 관리를 해야 했다.

어느새 새별 오름 중턱까지 올라왔다. 땀으로 범벅이 된 서로의 얼굴을 바라보며 중간에 포기하지 않았음에 대해 칭찬을 해주었다. 우린 마땅히 편하게 앉을 만한 벤치를 찾지 못하여 겉옷을 벗어 풀밭에 깔고 앉았다. 다른 사람들도 쉬어가려는 듯 우리 옆쪽에 자리를 폈다. 얼핏 돌아보니 엄마 나이와 비슷한 오십 대 중반쯤으로 보인 초등학교 동창들인 듯했다. 엄마는 옆자리에서 들린 고향의 구수한 전라도 사투리에 흥미가 생기자 몸이 그쪽으로 점점 기울어졌다. 의도치 않게 그들의 대화를 듣게 되었다.

—있잖아. 얼굴은 반반하고, 아담한 키에 성격이 좀 까칠한 애 그거시기.

—아따 누구? 이름을 말해야 알지.

—순금이. 근데 왜?.

—얼마 전에 순금이가 어떤 댄스 경연대회에서 우승했대.

—어머 부럽다, 성격은 까칠해도 춤은 잘 추나 보구나.

—근데 그거 알아. 순금이는 춤추는 게 좋아 결혼 따윈 아예 생각도 안 했대.

가만히 듣고 있던 엄마의 눈빛에 부러움이 가득해 보였다. 단 한 번이라도 말할 기회가 주어진다면 금방이라도 합류할 것처럼, 만반의 준비가 되어 있다는 무언의 신호를 보내며, 이미 대화 내용의 결과까지도 알고 있다는 듯, 피식피식 웃었다. 곁눈질로 슬금슬금 그들을 바라보는 내내 엄마는 행복해했다. 참으로 오랜만에 잇몸이 다 보이도록 환하게 웃던 엄마의 모습은 내가 좋아하는 함박꽃을 똑 닮았다. 예상치 못한 상황이었지만, 엄마의 마음이 어디쯤 가고 있는지 무엇을 하고 싶은지 조금은 알 것 같았다. 이제라도 오롯이 엄마의 삶을 살 수 있었으면 좋겠다고 생각했다. 그래서 엄마의 마음을 물었다.

—엄마도 댄스 대회 나가고 싶어?

—음, 그렇긴 한데 난 아직 실력이 부족하잖아. 어림도 없지.

엄마는 말끝에 약간의 미련을 남기며 말했다.

—이제부터라도 더 열심히 하면 되잖아. 엄만 충분히 할 수 있어.

같은 여자로서 엄마의 삶을 응원하고 싶었다.

—아휴, 아빠가 댄스 아카데미 다니는 거 엄청나게 싫어하는데 무슨 수로.

엄마는 무심한 듯 말했지만, 목소리는 열정적이었다.

—내가 아빠를 설득해볼게.

적극적으로 엄마를 도와주고 싶은 마음이 앞섰다.

—관둬라. 이 나이에 뻔한 잔소리 듣는 것도 싫고, 괜히 아쉬운 소리 하는 거 같아 더 싫다.

여운을 남긴 엄마의 목소리가 내내 가시처럼 걸렸다.

—난 엄마가 행복했으면 좋겠어.

진심으로 말했다.

―행복? 뭐가 행복일까. 남편보다 내 마음을 알아준 딸이 있다는 것만으로도 지금도 난 행복해.

엄마가 말한 행복하다는 말투 속에는 왠지 아빠와 소원해진 관계가 내내 섭섭한 것처럼 들렸다.

―그렇게 흔하게 표현한 행복 말고, 엄마가 하고 싶은 거 하면서 느끼는 행복 말이야. 아니면 여행도 괜찮고.

나는 엄마의 기억력 저장 공간이 조금이라도 남아 있을 때 부지런히 여행 다니길 바라는 마음으로 힘주어 말했다.

―여행도 돈이 있어야 가지. 뭐든 맘먹은 대로 되지 않은 게 인생인 거 같더라. 지금부터 관리 잘해서 너라도 행복하게 잘 살아. 난 이미 늦은 거 같으니.

꼬집어 말하지 않아도 대화 속에서 엄마가 느끼는 현실에 대한 원망과 아빠에 대한 불평불만이 고스란히 전해졌다. 이제는 모든 것으로부터 자유로워지고 싶다는 것까지도. 명품수선집 사업이 어려워지기 전부터 아빠와의 갈등은 깊어지고 언어폭력은 더 빈번했으니, 하루라도 빨리 심란한 현실에서 탈출하고 싶었는지 몰랐다. 더군다나 아빠가 엄마의 자존심을 건드려 무시할 때면 하루에도 몇 번씩 결혼생활을 끝내고 싶단 생각이 목구멍까지 차올랐다고 했다. 급기야 아빠는 파산해야 할 상황까지 와버렸다. 깊은 밤, 눈을 감아도 감기지 않고 밤새 조여 오는 심장을 달래며, 어떻게든 파산은 피하고자 전전긍긍하던 아빠를 도와줄 방법이 없었다. 그렇게 밤잠을 설친 날이면 엄마는 어김없이 아빠의 눈치를 보았다. 회복의 가능성이 점점 낮아지고 있음을 감지한 나는 가족들의 소소한 행복마저 빼앗길 것 같은 두려움에 휩싸였다. 뾰족한 수가 없어 답답할 뿐이었다. 그나마 엄만 댄스 아카데미를 제집처럼 드나들면서 현실 도피를 하는 거 같았다. 한편으론 다행이지 싶었다. 언제쯤이면 힘든 이 상황에서 벗어날 수 있을까, 막연한 생각만 스쳤다. 내면의 벽을 가득 채우고도 남을 근심 걱정은 이미 새별 오름의 중턱보다도 훨씬 높은 산을 이루었다. 우린 더 늦어지기 전에 벌떡 일어나 가던 길을 걸었다. 충분히 쉬었는데도 엄마는 종아리가 아프다고 했다. 평상시 잘 쓰지 않던 근육들이 오히려 더 단단하게 뭉쳐 가던 길을 더디게 했다. 다 포기하고 내려가고 싶은 마음이 가슴 위에서 그네를 탔다. 혼자였다면 진즉에 올랐다가 내려오고도 남을 시간이었다.

마침내 정상이 눈앞에 보였다. 제주의 아름다운 초록 풍경이 한눈에 쏙 들어오자 엄마는 주위 사람들 시선에도 아랑곳하지 않고 소리를 질렀다.

―와, 좋다. 저기 봐봐, 저 끝에 바다도 보이고 한라산도 보이는 거 같아. 민경아, 빨리 이리 와 봐.

―와, 진짜네. 제주도 오길 잘한 거 같아.

―맞아. 민경아, 고마워.

나는 모처럼 환하게 웃던 엄마가 사랑스러웠다. 불현듯 찰나의 순간을 뚫고 나온 엄마의 맑고 순수한 영혼을 보는 듯했다. 하늘과 가까워진 틈을 타 애원하듯 하늘에게 빌었다. 제발, 조금이라도 남아 있는 엄마의 기억력을 빼앗지 말아 달라고. 보고 느끼고 즐길 수 있는 오감의 행복을 더는 가져가지 말아 달라고. 나는 엄마가 만족해할 때까지 노을을 배경으로 사진을 찍어 주었다. 엄만 내 마음도 모르고 웃고 있던 엄마의 사진들이 마음에 들지 않는다며 휙 돌아서 버렸다. 그뿐만이 아니었다. 문득문득 예전과 다른 표정의 사진을 발견할 때면 상대방이 무안할 정도로 짜증을 냈다. 그럴 때마다 마치 어린아이를 달래듯 좀 더 곰살궂게 다가가 엄마의 눈치를 살폈다.

해넘이의 모습은 그야말로 장관이었다. 도도하게 깔린 붉은 노을에 반하여 잠시도 눈을 뗄 수가 없었다. 나는 엄마와 팔짱을 낀 채 같은 곳을 바라보았다. 엄마의 따뜻한 온기가 머리부터 발끝까지 천천히 나의 내면으로 스며들었다. 엄마의 체온은 홀로 낯선 나라로 떠날 때의 외로움까지 녹여내는 듯했다. 어쩌면 처음이자 마지막이 될지도 모를 여기에 잠잠히 머물고 싶었다. 눈을 지그시 감고 엄마 어깨에 몸을 기댔다. 그러자 엄마가 내 머리를 쓰다듬으며 말했다.

—민경아, 모녀간의 여행에 서슴없이 초대해줘서 고맙다. 요즘 내가 누구인지 깜박할 때도 있어 걱정이 좀 되긴 한다마는, 이제 죽어도 한이 없을 거 같다는 생각이 들어 누구보다 행복한 거 같아. 세상에 하나밖에 없는 내 딸 민경아, 내가 널 얼마나 사랑하는지 아니?

—당연히 알지. 철이 없었을 때 엄마한테 대들고 무시하고 힘들게 했던 거 미안해. 엄마가 있어 내가 웃을 수 있었다는 거,

엄마도 알지? 엄마의 온전한 사랑을 부끄럽게도 스물여섯인 지금에야 조금 알 것 같아. 엄마한테 받은 그 사랑 나도 갚을 수 있게 기회를 줘. 그리고 아무 걱정하지 마. 엄마 딸 민경이가 있잖아.

—네 살이던 그 작은 아이가 언제 이렇게 많이 컸다니. 세월이 참 빠르긴 하구나. 어린 딸을 두고 세상을 떠난 그 빈자리에 덜컥 들어가 내 새끼처럼 잘 키우려고 정작 내 배로는 자식을 낳지 않겠다고 다짐했고, 미우나 고우나 남편 중심으로 살았던 시간이 보상이라도 받은 것 같구나. 그나저나 민경이 시집갈 때 예쁜 드레스도 봐줘야 하고 혼수 살 때도 같이 가줘야 하는데. 그리고 세상에서 가장 기품있는 장모님이란 소리도 듣고 싶고. 어디 그뿐일까, 손주들 태어나면 용돈을 많이 줘 인기 최고인 할머니가 되고 싶은데. 제기랄, 이놈의 멍청한 기억력이 문제야.

엄마는 그 많은 세월이 주마등을 스쳐 가는 듯 먹먹한 목소리로 말했다.

—다 엄마가 잘 키워준 덕분이지. 엄마, 정말 고마워. 그리고 사랑해.

나는 참으로 애틋한 모녀 사이가 되고 싶었다. 살다 보면 앞으로도 더 많이 엄마란 이름을 부를 날이 올 텐데 그때마다 지금처럼 다정하게 대화할 수 있을까, 금세 코끝이 찡했다.

하지만 지금은 울고 싶지 않아 엄마의 겨드랑이를 간지럽혔다. 엄마는 뒤로 훌러덩 넘어질 뻔하며 까르르 웃음보가 터졌다. 엄마는 얼마나 웃었던지 슬슬 배가 고프다고 했다. 맛있는 음식을 먹을 생각만으로도 짜릿한 기쁨이 뇌까지 전해졌다. 하지만 눈치 없는 나의 발걸음은 노을 너머에 있는 아름다움에 더 머물고 싶었던지 좀처럼 떨어지지 않았다. 머뭇거린 사이 어둠이 빠르게 내려왔다. 햇살에 하늘거리던 은빛 억새들도 보일 듯 말 듯 돌아갈 길을 재촉했다. 나는 엄마가 넘어지지 않게 붙잡고 천천히 오름을 내려왔다.

주차장에 있던 모든 차들이 빠지고 우리 차만 덩그러니 남았다. 나는 차에 올라 시동을 걸었다. 엄마가 좋아하는 음식을 먹기 위해 차를 몰고 달렸다. 식당은 조금 한적한 곳에 있었다. 엄마는 냄비에 큼직하게 썰어 놓은 무를 깔고, 그 위에 살이 도톰하게 오른 은갈치를 올려놓고, 매운 고추를 송송 썰어 넣은 칼칼한 갈치 조림을 유독 좋아했다. 그런데 오늘은 앞 접시에 놓인 갈치 조림을 멍하게 바라만 볼 뿐 아무런 반응이 없었다. 엄마가 좋아하는 갈치 조림이잖아, 무에도 간이 적당히 배어 맛있으니까 빨리 먹자. 무반응의 싸늘한 눈빛은 내 안에 서글픈 멍울을 만들고 말았다. 그렇게 엄마의 시간은 조금씩 정지되는 듯했고 아무것도 예측할 수 없을 만큼 불안정했다. 그도 그럴 것이 엄마 곁에 누군가가 꼭 필요한 상황까지 와버린 거 같아 쓸쓸했다.

예전엔 엄마가 운전할 때 내가 조수석에 앉았으나 이제는 역전됐다. 조수석에 앉은 엄마는 어쩌다 맑은 정신이 들 때면 쉬지 않고 잔소리했다. 운전석에 앉자마자 안전띠를 매라는 둥, 앞차의 꽁무니에 바짝 붙지 말라는 둥, 신호 위반하지 말라는 둥, 우회전할 때 건널목을 잘 살피라는 둥, 과속하지 말라는 둥, 엔간하면 먼저 양보하라는 둥, 세상에서 과태료가 제일 아깝다는 둥…… 잔소리가 이렇게 반가울 줄은 상상하지 못했다. 그러다가 순식간에 낯선 사람을 보듯 데면데면했다. 엄마의 마지막 단기 기억 장치 안에 딸과 함께 떠난 여행이 가장 행복했던 삶으로 저장된다면 더할 나위 없이 좋겠다는 생각이 들었다.

호텔로 들어간 후 잠이 오지 않아 낡은 노트북을 켰다. 언젠가 나에게도 딸이 생긴다면 엄마와 둘이 떠났던 여행 이야기를 꼭 들려주리라 마음먹었다. 엄마의 정신은 여전히 안개가 끼는 것처럼 뿌옇게 눈앞을 덮었다가 언제 그랬냐는 듯이 환하게 개이기도 했다. 그러다가 나만 보이면 엄마의 입은 씰룩거리며 바삐 움직였다. 해야 할 잔소리가 너무 많아 그 안에서 서로 다투어 나오려다 얽힌 표정이랄까. 그래도 난 좋았다. 아직은 엄마의 딸이란 걸 기억할 수 있을 때, 보물 같은 사진 속 주인공이 누구인 줄 정확히 알고 있을 때, 유일하게 엄마가 딸에게 할 수 있는 더 많은 이야기를 유에스비에 담아두고 싶었다. 다음날 빌린 승용차를 반납했다. 늦가을이었는데도 2박 3일간의 여정 동안 제주도의 하늘은 어느 때보다도 유독 파랬다.

딩동, 엄마 핸드폰으로 한 통의 문자가 왔다. 거의 중독처럼 드나들던 댄스 아카데미에서 경연대회가 열린다는 M의 연락을 받은 후, 엄만 무척 긴장돼 보였다. 처음엔 누구나 그러하듯이 엄마도 리듬을 타지 못해 자꾸만 스텝이 꼬였다고 했다. 그럴 때마다 파트너 M은 단 한 번도 짜증 내지 않고 차근차근 친절하게 가르쳐 줬다고 했다. 함께 춤을 추는 시간이 많아질수록 엄마는 자연스럽게 M의 어깨에 기대게 되었고, 때때로 부부인 줄 착각이 들 정도로 가까워졌다는 말도 서슴지 않았다. 어쨌거나 춤을 배우면서 엄마의 기억력이 살아나는 듯했다. 엄만 틈만 나면 집에서도 음악을 틀어놓고 춤을 추곤 했다. 경연대회가 다가오자 어떻게든 M의 실력을 따라잡아야 한다면서 느닷없이 나를 불렀다.

—민경아, M의 대역을 해줄 수 있겠니?

—내가?

—응. 이리 와 봐.

—그렇지만 난 아무것도 모르는데.

—남자 역할이 필요한데. 어쩌지?

—아빠한테 부탁해 봐.

—저 인간이 할 줄 일겠니?

—일단 내가 물어나 볼게.

나는 안방에서 영화를 보고 있던 아빠한테 물었다.

—아빠 살사댄스 처봤어?

—당연하지. 예전에 강사도 했는걸.

—뭐야, 근데 왜 가만히 있었어.

—지금은 리듬감이 떨어져서 스텝이 꼬이기도 하고, 엄마랑

같이하면 백 퍼센트 싸울 거 같아서지.

—그럼 딱 한 번 정도는 엄마 파트너 해줄 수 있겠네. 곧 경연대회라는데 자꾸 신경이 쓰이나 봐.

—알았어.

아빠는 마지못해 대답하고 거실로 나왔다. 엄마는 그동안 배운 댄스 실력을 멋지게 보여주고 싶은 눈치였다. 나는 임시로 만든 심사위원석에 앉았다. 두 사람은 거실 중앙에 섰다. 나는 살짝 긴장한 듯한 서로의 표정을 보았다. 티가 나지 않게 각자의 심호흡이 끝난 거 같아 음악을 틀었다. 음악에 따라 리듬을 타며 때론 격렬하게 때론 부드럽게 눈빛 감정 교환까지 제대로 흘러가는 듯했다. 엄마의 진지한 표정은 프로 못지않았다. 엄마는 아빠를 M으로 알고 경연대회 춤을 아주 정열적으로 췄다. 아빠는 M이 되어 엄마가 끌고 가는 대로 따랐다. 엄마는 M을 침실로 데리고 가 물었다.

—M 선생님, 나 오늘 어땠어요?

—음, 생각보다 잘하던데.

마침내 경연이 열리는 날 아침이었다. 엄마의 전화벨이 울렸다. 발신자는 M이었다. 엄마는 핸드폰을 던져버렸다. 그러곤 혼잣말했다.

—어머, M이 또 있나 봐.

〈작품해설〉

여성이 자신의 정체성을 찾아가는 험난한 과정

이승하(문학평론가, 중앙대 교수)

베스트셀러가 된 수필집『중독 그 외로움』과 초단편 소설집 『카톡 감옥』을 낸 적이 있는 정진희 작가가 첫 소설집『백만 잔 의 커피』를 내게 되었다.

4년 동안의 적공(積功)을 세상에 내놓는 것이라 마음이 많이 설렐 것이다. 나는 한 명 독자의 관점에서 소설가 정진희의 9편 소설을 읽었다. 소설집의 제목이 된 작품부터 보기로 한다.

「백만 잔의 커피」는 동갑내기 친구 부부가 은퇴 후 엘피 음악 다방을 동업하며 함께 살아가는 이야기다. 이들은 청계산 자락 에 난 집을 사고, 내부를 수리하고, 음악다방을 열어 지인들과 동네 사람들의 보금자리가 되게끔 한다. 이곳을 '커피 수영장'이 있는 곳으로 만들려면 백만 잔의 커피를 팔아야 가능할 거라는 주인공의 간절한 말로 마무리되는 이 소설의 창작 의도는 중년 이후, 즉 은퇴 이후의 삶을 어떻게 꾸려갈 것인가에 대한 작가의 자문이면서 독자들에게 던진 질문이라고 여겨진다.

흔히 100세 시대라고 하지만 기업체에서는 50대가 되면 나갈 준비를 해야 한다. 일본은 노년층의 고용률이 높지만 우리나라는 아주 낮다. 60대가 되면 대체로 실업자가 됨으로써 무료한 일상을 보내게 된다. 70대가 되어도 활동력이 충분히 있는데 60대와 70대의 사람들은 도대체 어디 가서 무엇을 할 것인가? 작가는 바로 이 점을 심각하게 고민하여 이 소설을 쓰지 않았을까. 요즈음 카페라는 곳에 가보면 젊은이들의 공부방 같다. 그래서 화자는 음악다방 구석에 당구대를 가져다 놓음으로써 이곳을 중장년들의 사랑방으로 만든다. 엘피판으로 흘러간 팝송을 들려주는 곳, 중장년들이 차를 마시며 정담을 나눌 수 있는 곳, 당구 큐를 오랜만에 잡을 수 있는 곳이 있다면 가히 중장년의 천국일 것이다.

이 소설을 읽고 느낀 점이 있다. 우리의 방송과 문화가 지나치게 젊은이들 위주로 편성되어 있다는 것이다. TV 드라마도 그렇고 각종 프로그램의 시청자도 20대와 30대가 전부인 양 그들의 시선에 초점을 맞추고 있다. 하지만 현실이 어디 그런가. 이들 연령층은 TV를 보지도 않는다. 뉴스도 안 보고 다큐멘터리 프로도 보지 않는다. 이제 시청자건 고객이건 중장년에 초점을 맞추어 편성되어야 할 것이다. 그런 점에서 화자가 엘피 음악다방을 연 것은 선견지명이 있는 행위였다.

「엄마를 용서해」에서 작가는 아버지 부재의 집안을 제시하면서 엄마와 딸의 갈등을 다루고 있다. 엄마가 '회장님'이라 불리

는 자의 금전적 후원을 받게 되는데, 그것이 용납되지 않는 딸
은 자꾸 일탈하면서 반항한다. 아마도 현재의 우리 사회에서 모
녀만 같이 사는 가구가 꽤 많을 텐데, 작가는 그런 현실 상황에
메스를 들이대고 있다. 화자의 꿈은 또래의 다른 젊은이들처럼
대학 진학에 있는 것이 아니라 연극배우가 되는 것이었다. 미
용 기술을 배워 타인의 머리카락을 만지며 살아가지만 꿈은 연
극 무대에 서는 것이다. 운 좋게 기회가 온다. 극단 대표가 찾아
와서 갑자기 펑크를 낸 배우를 대신해 출연을 요청하고, 화자가
그 요청에 흔쾌히 응하여 연극 무대에 데뷔하게 된다. 그 후에
소설은 극중극의 양상으로 전개된다. 첨예하게 맞섰던 모녀가
상대방을 이해하면서 화해가 이루어지는 과정을 보여주는데,
그것이 '엄마를 용서해'라는 연극의 대본 내용이다.

　이 소설에는 소년원(소녀원이라고는 하지 않는다)에서 자원
봉사를 10년 이상, 했던 작가 자기 경험이 투영되어 있다. 아마
도 남편과 일찍 사별한 여성의 경우, 딸이 엄마가 새롭게 시작
하는 연애에 대해 호응해주는 경우가 많지 않을 것이다. 앞으로
작가는 이 경우에 대해, 그리고 반대의 경우에 대해 좀 더 심도
있는 탐색을 해보면 더 좋은 소설을 쓸 수 있을 것이다.

　모녀 관계를 다룬 또 다른 소설로 「까만 원피스」가 있다. 신
기(神氣)가 있었는지 곧잘 미래 예측하곤 해서 사람들이 소문을
듣고 집으로 찾아오는데, 어머니가 갑자기 명상 중에 심장마비
로 숨을 거둔다. 놀랍게도 어머니의 신기는 딸에게 그대로 전해
진다. 흡사 세습무처럼 말이다. 나(연희)는 어머니의 말, "연희

야, 오늘 긴 생머리에 키가 큰 어떤 탈 가정 청년이 올 거야. 외면하지 말고 하룻밤 재워주렴."을 꿈속에서 듣는데 정말 웬 청년이 찾아와 어머니의 안부를 묻는다. 청년은 연희와 쌍둥이인 연수였다. 이처럼 인연설을 다루고 있는 이 소설은 김동리의 「역마」나 「까치 소리」에 맥을 잇고 있다고 볼 수 있다. 어머니의 신기를 상징하는 까만 원피스를 언니(?) 연수가 입고 있자 외출했다 돌아온 연희가 소리를 질러 벗게 한다. 까만 원피스는 죽은 엄마에게 의미가 있는 옷이었다.

모녀간의 첨예한 갈등은 「가발」에서도 이어진다. 이 소설에서도 아버지는 일찍 돌아가시고 없다. 갱년기의 엄마가 전화로 친구들과 수다를 떠는 것을 낙으로 알고 살아가는 것이야 얼마든지 가능한 일이다. 엄마는 조울증도 있고 어떤 날은 취하도록 술을 마시기도 한다. 하지만 그런 것은 일탈이 아니다. 문제는 그런 엄마를 지켜보며 속을 끓이던 딸이 쇼핑 중독에 빠져 살아가게 된 데 있다. 특히 가발을 사서 쓰고 다닌다. 엄마는 탈출구가 있었지만, 딸은 없었다.

게다가 엄마가 재혼하여 새아빠가 생기는데 새아빠는 의붓딸인 나를 성폭행한다. 집이 곧 지옥이 된 나는 고등학교 1학년 때 외국 생활을 자원하여 아버지의 폭력에서 벗어난다. 외국에서 살아가게 된 나는 그런데 삼각관계에 휩싸이게 된다. 나의 동성 룸메이트가 나와 M(남자)의 우호적인 관계에 대해 질투를 하는 것이다. 나는 수면제를 다량으로 먹고 자살을 기도한다. 10대 여성이 감당하기 어려운 난관이 꼬리에 꼬리를 물고 이어졌기 때문이다.

귀국해 나는 여자 상담사를 만나 상담받게 되는데, 그녀가 내 의붓아빠의 전처였음이 상담 과정에서 밝혀진다. 강남의 유명한 학원 강사인 사내는 바람둥이 정도가 아니라 완전히 색마였다. 상담사의 딸은 열다섯 살 때 친아빠한테 성폭행당한 이후 "남자 가발을 쓰고 다니면서 혼자 끙끙 앓다가 수치심을 견디지 못해 일 년쯤 지난 후 결국 삶의 끈을 놓아버리고" 만다. 가발은 마스크(가면)처럼 하나의 상징이다. 상처받은 나를 감춘 채 살기 위해 어쩔 수 없이 가발을 사용한 것이다. 성폭행의 가해자는 친아빠, 친오빠, 일가친척, 교사, 학원 강사 등 손위의 지인인 경우가 많다고 한다. 요즘엔 데이트 폭력도 종종 문제가 된다. 나는 상담사에게 의붓아버지가 눈앞에 있는 양 증오에 사로잡혀 말의 화살을 퍼붓는다.

"그때 왜 그랬어. 어떻게 나한테 그런 끔찍한 짓을 할 수 있어. 난 겨우 열다섯 살이었는데 당신은 어른이 아니라 짐승이었어. 그저 성욕만을 채우기 위해 사는 개새끼나 다름없었다고. 분명 비 오는 그날 밤, 내가 칼로 찔러 죽였는데 왜 살아 있는 거야. 죽어, 제발 죽어버리라고. 당신 같은 남자만 보면 구역질이 나. 미칠 거 같단 말이야. 당신을 피해 외국으로 갔지만, 아무것도 제대로 할 수가 없었어. 내가 왜 하필이면 개보다 못한 당신 때문에 동성이 다가오는 집착에 원치 않는 몸을 맡겼는지 모르겠어. 나도 내가 선택한 이성과의 사랑을 멋스

럽게 하고 싶었는데, 왜 상대방한테 늘 미안함과 죄책감이 드
는지 모르겠다고.

　(하략)"

　그 사내는 성적 욕망을 채웠는지 알 수 없지만 나는 그날의
일로 인생이 이처럼 크게 굴절되고 만다. 게다가 사춘기 때 당
한 일이라 그날 이후 성적 정체성을 확립하지 못해 고민에 휩싸
이게 된다. 나의 고통은 내 어머니의 고통이 되기도 한다. 여인
은 그 남자와 이혼하고 심리상담을 받다가 상담사가 되었고, 그
래서 치료가 필요한 나를 만나게 된 것이다.

　나는 엄마와 함께 여행을 가고자 준비한다. "나 이제 짧은 가
발 따윈 필요 없을 거 같아. 원래의 내 모습으로 다니기로 했어.
자신감이 생겼거든. 그래서 기분 전환도 할 겸 엄마랑 여행 가
려고 했던 거야."라고 말하면서 과거의 상처를 떨쳐버렸음을 천
명한다.

　한편 모녀에게 끔찍한 고통을 선사했던 의붓아버지의 행보
에 대해서는 작가가 확실하게 말하지 않는다. 친딸과 의붓딸을
성폭행한(친딸은 자살하였다) 악마가 과연 지옥으로 갔을까?
지금은 이런 악마에게 법원이 벌을 내리기도 하지만 20세기 말
까지만 하더라도 증거불충분이나 경찰에서의 진술과 검찰에서
의 진술 중 일치하지 않는 것이 몇 가지 있다는 이유로 가해자
가 무죄로 풀려난 경우가 많았다. 성범죄는 피해자가 범죄를 입
증하기가 쉽지 않은데 입증하지 못한다면 무죄의 이유가 되곤

했다.

「인생은 태클을 걸수록 좋소」는 비록 싱글이어도 당당하고 멋지게 사는 세 여성의 삶을 그려나간 유쾌한 소설이다. 세 명의 중학교 동창 여성이 성인이 되어 만나 의기투합, '바다가 보이는 카페'에 가서 이야기꽃을 피운다. 이들이 처음 만나는 과정이 드라마틱하다. 내(진달래)가 택시를 타고서 중학교 동창생 채송화와 통화 중인 것을 택시 기사인 오나리가 듣고는 말을 붙임으로써 셋의 만남이 성사된다. 채송화는 우울증이 심해 병원에 다니는 중이었다. 이유는 남편 때문이었다.

"얘들아, 고마워. 결혼한 후 처음 만난 친구들한테 내 속병을 거리낌 없이 얘기할 수 있는 것만으로도 살 거 같아. 사실 하나밖에 없는 아들이 한참 사춘기로 예민할 때 남편의 외도를 발견한 거야. 도저히 그 얼굴을 마주 대하고 싶지 않더라. 그래서 일단 아들이 대학 갈 때까지 별거하자고 했어. 때때로 원망과 분노가 머리끝까지 차오를 때면 억울해서 잠을 잘 수가 없었어. 그런 날이 거의 매일 지속하였지. 그때부터 술을 먹기 시작했어. 절대 도움이 되지 않다는 걸 알면서도 술을 끊을 수 없었어. 난 지지리 복도 없는 년이야."

남편의 외도가 가져온 고통을 감당하기 어려웠던 송화는 두 친구의 부추김에 새장을 탈출해 날개를 펼치게 된다. 나는 놀이 강사 자격증이 있어 이것을 활용할 생각을 한다. '찾아가는 봉사단'은 음악연주가 제격이었다. 이들은 음악 연주단을 급히 만들어 문학회에 가서 공연도 한다. 세 사람은 노란 원피스를 맞춰 입고 노란 선글라스를 쓰고 무대에 올라 끼를 마음껏 발산한다.

한편 '나'의 남편은 공기업의 연구원으로 청결주의자인 것은 좋은데 섹스에 흥미가 없는 돌부처 같은 족속이었다. 신혼 초부터 제대로 해주지 않아 나는 섹스 리스의 결혼생활을 해오고 있었고 결국 이혼한다. 택시 기사 나리는 결혼하지 않고 살고 있었다.

이 소설에서도 남자는 가해자요 여자는 피해자다. 오늘날 이혼과 별거의 이유를 찾아보면 남자에게 그 이유가 많을 거라고 작가는 생각하는 듯하다. 통계를 내보면 알 수 있겠지만 범법자나 소년원에 수용된 청소년의 수를 보면 남자가 훨씬 많은 것이 사실이다. 우리 사회가 제대로 정화되려면 남자들이 반성하고 정신을 차려야 한다.

「그 신비로움」은 임신한 여고생 이야기다. 고3 9월에 모의고사가 끝났는데 시험을 망친 나 서초란은 집에 들어가기가 싫다. 남자친구 강남욱에게 전화했더니 너희 집에서 라면을 끓여 먹자고 제안한다. 이날 남욱이는 여자친구 초란의 몸을 범해 임신시킨다. 얼마 뒤에 초란이 "나 어떡해. 임신한 거 같아."라고 말하자 남욱은 "뭐? 임신? 난 몰라. 절내 안 돼. 당장 지워."라고 대답한다. 그 뒤에도 남욱의 태도는 변함이 없다. 임신 사실을 아빠에게 알리자(엄마는 일찍 돌아가셨는지 부재한 인물이다) 아빠는 노발대발하고, 나는 집을 뛰쳐나온다. 담임 선생님께 문자를 보내 만나는데, 선생님의 도움으로 병원에도 가고 자격증 시험도 준비해서 친다. 선생님도 불임인 줄 알았는데 임신한다.

나의 출산일이 다가오자 선생님은 아예 퇴직을 선택했다. 태어날 아이들에게 집중하고 싶다는 이유였다. 선생님과 함께 출산용품을 사러 다녔다. 우린 거리를 걸을 땐 주로 팔짱을 끼었다. 가게에서 만난 사람마다 친구 같은 모녀라고 부러워했다. 그러다 내가 선생님의 호칭을 부르면 다들 놀란 눈치였다. 어머, 선생님과 어떻게 저렇게 친할 수가 있지? 살다 보니 별일이, 다 있네. 그럼, 학생이 임신한 거야? 세상에. 그들의 눈빛만 보아도 짐작이 될만한 가십거리였다.

초란은 4.2킬로그램의 아들을 낳고 미혼모로 살아간다. 몇 년 뒤 클라이밍 센터에서 우연히 남욱을 만난다. "초란아, 진짜 미안해. 날 용서할 수 없겠지만……"이라고 하는 남욱에게 초란은 "됐으니까 꺼져."라고 말해준다. "나는 절대로 보고 싶지 않아. 용서할 수 없어."라고 마음속으로 굳게 다짐하지만, 다음 날 설계사무소에 출근했더니 책상에 던져진 도면이 눈에 뜨인다. 도면 앞표지 하단에 건축사 강남욱이라고 적혀 있으니 이 일을 어찌할 것인가. 참으로 아이러니한 상황이 벌어진 것이다. 남성이 주도하는 우리 사회의 완강한 구조 속에서 여성이 자신의 입지를 모색하고, 영역을 확보하고, 경제적으로 독립하기가 절대 쉽지 않음을 이 소설은 보여주고 있다.

「명동희」는 소설가 정진희가 꿈꾸는 바람직한 모델을 제시한 점에서 주목을 요하는 작품이다. 전직 여행사 가이드인 명동희는 주식이며 비트코인 등 있는 돈을 다 털어 다세대주택을 짓고는 입주자를 모으는 공고를 낸다. 5층에 자신이 입주하고 아래층을 모두 세주고 나서 옥상 테라스에서 스테이크 파티를 연다. 그런데 그날 명동희는 입주자들에게 '내가 만일 건물주라면' 어떻게 운영하고 싶은지 자유롭게 발표하도록 유도한다. 입주자들의 입에서 이런 소망이 나온다.

한창 배고픈 소년원 아이들에게 한 달에 두 번 정도 치킨을 나누고 싶습니다.

세입자들의 형편을 고려하여 운영을 좀 더 탄력적으로 할 수 있다고 생각합니다.

작가들의 쉼터와 작가창작실을 마련하여 돈이 없어도 아무런 조건 없이 글쓰기에만 전념할 수 있도록 할 예정입니다.

몸이 불편한 사람들을 위한 나눔을 실천하고 싶습니다. (중략) 죽기 전에 딸과의 여행이 꿈이라던 엄마의 소원이 이루어진다면 더할 나위 없이 좋겠습니다.

하나같이 소박한 서민의 꿈이다. 그런데 동희가 그들의 말을 다 들은 뒤에 화장실에서 볼일을 보고 나오다 그만 쫘당 미끄러져 꼬리뼈를 다친다. 119 구급차에 실려 병원에 가는데, 허리 디스크도 있어서 며칠 입원을 한다. 그 기간 입주자들은 수시로 병문안을 온다. 자기네들에게 친절을 베푼 동희에게 고마움을 표하기 위해서였다. 그들에게 감복한 동희는 제안한다. 건물 소유권을 어느 1인에게 넘기겠는데 이 두 가지 약속을 지키면 가능하다고. 첫째는 현재 거주 중인 입주자들이 자기 집을 소유할 때까지 금액 변동이 없이 살 수 있게 한다는 것. 둘째는 건물주인 나 명동희가 죽을 때까지 그대로 살게 해준다는 것. 제비뽑기로 건물주를 정하기로 하는데 결과는 다 똑같이 나온다. '소유권은 현재 거주 중인 입주자 전원 공동명의로 함.' 즉, 명동희는 다시 무주택이 된다. 그날 이후 이들은 서로 나눠 먹고 나눠 쓰는 유토피아 같은 삶을 영위해 나간다.

지금 우리 대한민국 사회의 불안은 집값 혹은 부동산 가격 때문이기도 하다. 정권이 바뀐 이후 전셋값이 급전직하로 떨어지고 있는데 앞으로 어떻게 될 것인지 예측하기가 쉽지 않다. 분명한 것은 아무리 전셋값이 떨어져도 서민들이 내 집을 갖는 게 쉽지 않다는 것이다. 신혼부부가 괜찮은 직장에 다니며 함께 벌어도 내 소유의 집을 갖는 것은 정말 어렵다. 그런 점에서 이 소설의 주인공은 환상을 좇고 있는 것 같다. 하지만 이런 환상을 꿈꾸는 것이야말로 소설가의 특권이 아니겠는가.

「리셋」은 나(강남희)와 나의 대학 동창이자 남자친구인 서초남과의 우정 혹은 애정의 전말을 통해 요즘 취업난이 주는 스트레스로 인한 정신적인 질병의 문제를 다뤄본 소설이다. 나는 여행사에 소속된 가이드가 직업인데 대학 시절 동아리 부회장과 총무의 관계가 발전해 연인관계가 된다.

그런데 문제는 딴 데 있었다. 초남의 영혼이 삐걱대기 시작한 것이다. 자신을 정부의 비밀 요원이라고 하지 않나, 점점 이상한 모습을 보여주는 것이었다. 초남은 등산을 혼자 갔다가 바위에서 추락해 얼굴과 다리 전체가 피투성이가 된다. 치료하는 과정에서 신경정신과 치료까지 받게 된다. 의사는 '조현양상장애'일 확률이 높다고 말해주는데 초남의 정신상태가 점점 더 악화한다. 그때 휴직계를 내둔 여행사에서 남희에게 13일간 유럽 일정이 나왔다는 문자 알림이 온다.

이 소설은 인간관계의 미묘함에 대한 탐구이자 인간의 운명에 대한 탐색이다. 인간은 관계의 동물인데 자의가 아닌 타의에 의해 인생이 뒤바뀌곤 한다. 두 사람은 오래전부터 아는 사이인데 대학까지 같이 다니게 되면서 연인으로 발전한 관계다. 하지만 남희가 졸지에 초남의 보호자가 되어 남자의 불행을 짐 지지 않아도 되었을 터인데, 인생이 이상하게 꼬이고 만다. 내 주변을 보아도 직선으로 갈 운명이 상대방(異姓)에 의해 꼬이는 경우는 사실 너무나 많다. 게다가 여자의 운명이 남자에 의해 함께 불행해진 경우가 바로 남희의 경우다. 아픈 친구를 두고 떠나야 하는데 과연 남희가 비행기를 탈까? "나는 가끔 리셋을 꿈꾼다."가 마지막 문장인데 간다는 것인지 안 간다는 것인지 일

부러 애매하게 처리하고는 소설가 정진희는 펜을 멈춘다. 아무튼 본의가 아니었지만, 타인의 운명이 달라지는 것은 이들만이 아니라 거의 모든 남녀관계가 다 그럴 것이다. 남녀관계만큼 아이러니한 관계가 또 어디 있을까.

9편 소설의 대미를 장식하는 「만추」는 엄마의 치매에 관한 이야기다. 기억력이 점점 사라지기 전 엄마와의 추억을 만들기 위해 여행하고, 전적으로 엄마의 삶을 응원하는 딸의 이야기가 잔잔히 펼쳐진다.

명품수선집을 하는 엄마는 아빠의 파산 여파로 그만 문을 닫게 된다. 부부여서 경제적으로 분리가 안 되어 엄마마저 가게 문을 닫게 된 것인데, 그 와중에 아빠는 언어폭력으로 엄마를 괴롭힌다. 엄마는 괴로움을 달래고자 동네 댄스 학원에 등록하고 춤에 점점 더 몰두한다. 나중엔 댄스 경연대회에 출전할 꿈까지 꾼다. 파트너가 있어야 연습을 할 수 있는데 아빠가 마침 젊었을 때 살사댄스 강사였다. 두 사람의 화해가 가능할까? 그것을 가능케 할 수 있는 것은 역시 춤이었다.

엄마는 그동안 배운 댄스 실력을 멋지게 보여주고 싶은 눈치였다. 나는 임시로 만든 심사위원석에 앉았다. 두 사람은 거실 중앙에 섰다. 나는 살짝 긴장한 듯한 서로의 표정을 보았다. 티가 나지 않게 각자의 심호흡이 끝난 거 같아 음악을 틀었다. 음악에 따라 리듬을 타며 때론 격렬하게 때론 부드럽게 눈빛 감정 교환까지 제대로 흘러가는 듯했다. 엄마의 진지한 표정은 프로 못지않았다. 엄마는 아빠를 M으로 알고 경연대회 춤을 아주 정열적으로 췄다.

M은 댄스 학원의 선생님이다. 바람둥이에다 사기꾼 기질이 있다. 엄마한테 세상에서 뒤태가 가장 아름다운 여인이라고 귓속말로 하더니 돈을 빌려달라고 한다. 이런 M이 경연대회 아침에 엄마에게 전화하자 엄마는 핸드폰을 집어 던진다. 가까스로 부부가 화합 지점을 찾아가는 중인데 방해를 놓는 M이 미워졌기 때문일 것이다.

이 소설은 부부가 갈등 관계에 놓일 때는 취미생활을 통해 극복하는 것이 상책임을 말해준다. 골프, 등산, 원예, 수석 채집, 텃밭 가꾸기, 가사노동 분담 등 방법은 여러 가지일 것이다. 귀농도 한 방법일 것이다.

이상 9편의 소설을 꼼꼼히 읽어보았다. 정진희의 소설에서는 남자가 갈등의 원인 제공자요 여자는 그 갈등을 봉합하는 해결사의 역할을 하는 경우가 많았다. 현실에서도 그런 경우가 많다. 남자가 회사원이나 공무원이 아니고 사업을 하다 실패하면 그 책임은 고스란히 부부 공동의 책임이 된다. 남자가 가장의 역할을 제대로 하지 못하는 경우가 비일비재하고 바람을 피워 소동을 일으키기도 한다. 그래서 9편 소설을 통해 작가는 남성의 반성을 촉구하고 있다. '정신 차리시오.' '개과천선하시오.'

아마도 이 소설집을 읽는 남성은 무척 힘들어할 것이고 여성은 속이 후련해지는 쾌감을 느낄 것이다. 그런데 사실 소설을 읽어야 할 독자는 남성이다. 남성의 과오나 실수로 아내와 온 집안 식구가 고충을 겪는 경우가 현실에서도 정말 많으므로 남성 독자는 이 소설집을 읽고 깊이 반성해야 한다. 그래야지만 이 세상이 제대로 돌아가게 될 것이다. 올바른 여성과 옳지 않은 남성이라는 구도가 깨질 때 우리 사회는 제대로 된 민주주의 사회가 될 것이다. 정진희가 우리 사회에 던진 질문들이 조금씩 해결된다면 우리 사회도 그에 발맞추어 점점 밝아질 것이다.

백만 잔의 커피
정진희 소설집

초판발행 2023년 2월 15일

지 은 이 정진희
발 행 인 노용제
발 행 처 정은출판
등록번호 신고 제301-2011-008호(2004. 10. 27)
주   소 04558 서울시 중구 창경궁로1길 29. 3F
전   화 02)-2272-8807, 02)-2272-9280
팩   스 02)-2277-1350
홈페이지 www.je-books.com
이 메 일 rossjw@hanmail.net

I S B N 978-89-5824-480-6 (03810)
값 14,000원